十六年前的回忆

李星华◎著

长江出版传媒 | 长江文艺出版社

目录

铁肩担道义，妙手著文章

江蕊　北京师范大学南山附属学校

李大钊是中国共产主义的先驱，伟大的马克思主义者，杰出的无产阶级革命家，中国共产党的主要创始人之一。1927年4月，李大钊被奉系军阀逮捕，面对敌人的威逼，他坚贞不屈，不向敌人泄露党的任何机密，扛下了难以想象的酷刑；面对敌人的利诱，他不为所动，凛然答道"就是断头血流也要保持气节"。

李星华是李大钊的女儿，她在父亲的教导下正直聪慧，有胆量、有胸怀；父亲牺牲后，她担负起"长女如父、如母"的责任，照顾母亲和弟弟妹妹，积极参加革命工作；在特殊时期，她郁愤成疾，双目失明，但依然坚持整理编辑回忆父亲的文章，留下了这些动人的文字。

《十六年前的回忆》这本书选编了李星华回忆父亲的部分文章，书名来自其中一篇，这篇文章也入选了部编版六年级语文课本。我们对李大钊这样的革命先驱，总怀有极高的崇敬之情，因而不免生出远观之意，但在他女儿的笔下，我们可以看到逗大狸猫、骑大黄狗的少年李大钊，他和我们一样因贪玩而对长辈要点小聪明，和我们一样因凑热闹而认罚。作者的语言质朴活泼，许多故事虽离当下有一定年月，但不乏生动真实的细节，很容易让小读者们有亲切的共鸣，给了我们亲近伟人的机会。作者多用口语和家乡方言，字里行间流露出对父亲以及其他亲人的怀念，这是李星华写李大钊的独特之处——伟大而真实的革命家也曾是老爷爷最看重的可爱小孙儿，是温和慈善的父亲，是谦和可敬的老师。

李大钊身上凝结了中国知识分子的众多传统美德：谦和质朴、忠厚勤勉、淡泊名利、诲人不倦；他也具备无产阶级革命家的全部优秀品质：俭朴奉公、勇于斗争、矢志不渝、临危不惧。不过我相信读完这本书，这些美德与品质一定不再是空泛的标签，而有了典型的事件和真实的形象，并将长久留存在我们的记忆中。他心疼长年大哥辛苦劳作生活却依然困顿时说："我们要是像苏俄那样做，还愁劳动人民翻不了身？将来像长年大哥这样的人，一定是新中国的主人！"他劝瞎大妈给庚子姐放脚时说："咱们的孩子要地里炕上的活儿全都会，天边海角都能去才行呵！"他在和家人一起回故乡看到破败景象时说："破坏了旧的，就会出现新的。"

作为回忆录，因作者和父亲身份特殊，文章记载了李大钊的人生的同时也记录了一段历史，所以同时具备文学价值和历史价值，书中涉及八校教职员请愿事情、三一八惨案、五峰山避难、偷渡国境、李大钊被捕遇害及安葬经过等重要事件，有些是作者听父亲讲述的，更多的是作者与父亲共同的经历。当时李星华不过是高中生的年纪，在她的回忆中，军阀反动政府的残暴无情和不可理喻可见一斑，而父亲等革命先辈的英勇无畏、坚定不移则是天地可鉴。宏大的历史笔触很难落到一个具体的家庭上，但李星华的回忆，细致又感人，给我们提供了一个新的视角，让我们看到疼爱子女的父亲，爱护青年的老师如何以革命理想为先，为了党的事业和国家的命运不惜牺牲自己的生命，"光明磊落，肝胆照人"。

"铁肩担道义，妙手著文章"这副李大钊改写的对联，用来形容李星华和李大钊父女再合适不过了。我们常说，阅读回忆录，要读出回忆典型事件与真实人物时"昔我"与"今我"的感情，我想，读《十六年前的回忆》更要读出"今天之我们"的感触。作者在最后一篇文章结尾写到"您的崇高理想和愿望已经正在变成现实"，的确，我们生逢盛世，更应当在革命先烈的精神引领下，不负盛世。

他的诞生

听母亲说，父亲的爷爷①是个四方大脸，膀大腰圆的结结实实的老头儿。他为人正直勤俭，又很好客，家里常年不断有客人住着。老爷爷在关外做了半辈子行装商，冬天到关外去，第二年春天才回来，辛辛苦苦积攒下几个钱。后来，在关外挨胡子绑，受了惊吓，才把买卖收拾了，回到家乡来。

老奶奶有些痴傻，很不能干，于是家中里里外外都得老爷爷一人操持，织布要多少纱，娶媳妇办喜事请多少客，吃多少米，烧多少柴，都得老爷爷一人计算。春耕夏耘时节，他总是早出晚归，下田耪地锄草。家庭的生活虽然不很富裕，但也算过得去。

老爷爷很会讲话，专讲公道话，庄里人送给他一个外号叫"李铁嘴"。他毫不留情地数落庄里那伙为非作歹的

---

① 父亲的爷爷，即李如珍。

人。凡是干过坏事的人，一听老爷爷站在大门口说话的声音，就远远地绕道溜走了。

　　老爷爷和老奶奶有三个女儿，大女儿和二女儿早就嫁到离家很远的地方去了，三女儿老捡姑子倒是守在跟前，可是她姑爷王大手厮①，是个游手好闲的人，平时耍钱闹鬼的，不务正业；老捡姑子又生性贪心，爱装疯卖傻，老爷爷看不上他们。老爷爷的兄弟有个儿子，叫李任荣，是大黑坨庄里数一数二的年轻学生。由于他念书念得好，老爷爷很喜欢他。自己又没有儿子，就把任荣过继来做儿子。老爷爷自己为儿子选了走马府老周家的闺女做媳妇。这儿媳妇心灵手巧，炕上、炕下的活她都会干，左邻右舍的人见了没有不夸她的。自从娶了这个儿媳妇，老爷爷就更看不上自己的亲生女儿老捡姑子了。

故乡大黑坨

　①　厮：当地方言，音 xiē。

光绪十四年（一八八八年）五月初四，乐亭县发生了一次大地震，足足震了四五天。震得真蝎虎①，地全震裂了，顺着地缝往上翻黑水，翻了黑水又冒白沙，随后裂缝又合上了；震得东房檐和西房檐挤到一块儿，随后又分开了；许多房屋都塌坍了。大黑坨庄的人们不敢进家住，家家在野地里搭草棚子睡。地震过后，乡亲们传说，这不过是鹞鹰抖了抖翅膀，要是鹞鹰一翻身，这一方的人可就全完了。

　　地震的那天夜里，任荣正在酣睡中，忽然听见有人喊："快起来吧！地动了！"他一咕噜爬起来，只听见屋里屋外像翻了天似的，锅碗家什叮当乱响，他想起了他的亲生母亲，翻身跳下炕，就往他母亲家里跑。这时候天摇地动还没停止，他一口气跑到村东头，到家一看，母亲还没出来。他进门二话没说，背起母亲就往外跑，一直跑到过继父亲家门口的老母庙前，他刚放下母亲就吐了一大口鲜血；从这时候起，他就得了病，而且病势一天天沉重起来。

　　当年八九月间，村里人要在庄西头的华岩寺里立一块石碑，全庄里找不到一个能够写碑文的人，乡亲们知道任荣写字写得好，决定请他去写碑文。老爷爷听说乡亲们要

---

　　① 蝎虎：当地方言。厉害。

儿子替大伙写碑文，觉得实在光荣，喜得他满口应下了：

"中啊！这是为大家出力，还有不中的！把笔墨准备妥当，到时候，你们找人把任荣背去吧！"

那天吃过早饭，由一位膀大腰圆的后生，把这个病魔缠身的年轻人背到了华岩寺。他坐在一张皮褥子上，一笔不苟地写了碑文。没想到碑文写好以后，病更沉重了，第二年春天就病故了。他死时只有二十三岁。他年轻的妻子这时已经怀了孕；由于他们夫妻俩感情好，丈夫死后，她心里十分难受。她常常想到她是过继给人的媳妇，公公脾气粗暴，却也耿直；最难相处的是那位疯疯傻傻的婆母，她本来不喜欢过继的儿子，当然更不会喜欢媳妇了。因此，媳妇一肚子委屈没处诉，只是闷在心里。她有时独自一人跑到男人的坟上哭泣，一哭一个死。有一次她哭得昏倒在坟地里，很久很久没有醒来。从此，病魔也就缠上了她的身子。

就在她快要临产的那一天，全家人围着照看她，期待着那个将要出生的孩子。想到这还没出生的孩子命运竟是这样可怜，都禁不住流下泪来。老爷爷更是伤心，在家里站不住脚，便一个人到南园子里绕去了。南园子种的满是棉花，老爷爷呆呆地站在棉花地头上想念他那地震后不幸早亡的儿子。正在思念的时候，从棉花地里突然飞出一只小百灵鸟儿来。他一下捉住了这只小百灵，用两手轻轻捧着它，信步走回家来。他刚一走进大门，院子里的人就向他道喜：

"大喜呀！你添了个孙子！"

老爷爷一听这话，喜得泪珠子直流，他说：

"我从棉花地里捡了一只小百灵，给我孙子拾了一个乳名来啦！'百灵，百龄'，活得又长，长得又机灵，就给他起名叫个'灵头'吧！"

后来，一些老太太们说："灵呀灵的，会叫傻了呢！要是叫'憨头'倒会越叫越灵。不如叫个'憨头'吧！"这样，孩子的乳名就叫"憨头"了。

孩子落生以后，年轻的母亲一心一意想把孩子拉扯成人，她已经把自己的一切希望都寄托在儿子身上。但是，她的病却愈来愈沉重。孩子是他的父亲去世后八个月生的；在他出世之后，不满一年，母亲就抛下孩子夭亡了。这个年轻的母亲留下的孩子，就是我的父亲①。父亲降生的那天是清光绪十五年十月初六，即公历一八八九年十月二十九日。

我的父亲是老爷爷辛辛苦苦，用光头饽饽、高粱米粥，一口一口喂大的。老爷爷亲手喂他的孙子，绝不叫别人插手，嫌她们粗心，不知道孩子一天该吃多少次，一顿

---

① 即李大钊，字守常。——编者注（本书如无特殊注明，均为作者注）

东屋是李大钊同志出生和结婚的地方，北屋是祖父抚养他的地方

应吃多少分量。老奶奶就更不用提了，她连自己都照看不了，还能照看孩子吗？只有我父亲的亲祖母，是个老贫农，住在庄尽东头，她常来帮忙照看，老爷爷倒还放心，因为他知道二弟媳妇心地善良，手脚利索，照看自己的孙子是可靠的。虽然老爷爷是暴性子，抚养孙子却非常细心。谁都想不到，那样年迈的老爷爷居然能把不满周岁的孩子抚养成了人，这真是一件不容易的事啊！

玩得痛快，学得踏实

父亲常说：孩子们学习的时候，应当听老师的话，认真地学习，可是脑子用疲倦了，就应当很好地玩一阵，不要一天到晚地坐在那里念死书；要是长久这样下去，不但新功课学不进去，反倒会把学好的东西忘得一干二净。他说："要玩就得玩个痛快；要学就得学个踏实。"

为什么父亲有这样的主张呢？原来他小时候，曾经发生过这样一个小故事：

父亲的幼年时代，是在老爷爷的严格管教下度过的。不管是学习上还是生活上，老爷爷对父亲没有半点迁就和疏忽。老爷爷常对他的左邻右舍说：

"小孩就像一棵茂盛的小树，由他自己去长，一点也不管教，那哪儿行呢！孩子们是从小看大，三岁知老；这时候要是不好好注意管教，以后就来不及了。"

爷爷对孙子管教的严格，只是在孙子学习的时候；只要孙子学习完了，他就马上变成了一个慈母似的，既有耐性，又很慈祥。爷爷常常笑着对他的亲友们说：

"我们家里，一天有两怕：书本一翻开，孙子见了我就怕；一闭上书本，就该是他拾掇我的时候了。"

父亲四岁的时候，老爷爷就当了他的家庭教师。

每天早上，梳洗完毕，爷爷把红漆小桌擦得锃亮锃亮的，小桌往炕上一放，父亲就知道该是学习的时候了，他连忙把书本、笔墨、砚台摆在炕桌上，坐在桌前翻开书本就开始学习了。就在这一刹那间，全家气氛跟着严肃起来。爷爷变成一个尊严的"司令官"，孙子就百依百顺地听从爷爷的指挥。可是学习刚一结束，把书本刚刚闭合起来，他就要把爷爷刁①得脚尖朝上，叫爷爷给他取这个，爷爷不敢拿那个。

可是，小孩子没有一个不贪玩的，要是一天到晚叫他端端正正地坐在那儿读书写字，总会有厌倦了的时候。无论爷爷怎样管得严厉，也挡不住孙子贪玩的天性呵！

父亲学习得疲倦了的时候，他是有办法调剂自己的精神的。父亲从小就喜欢跟他的大狸猫在一块儿玩。这只大狸猫真叫乖觉、聪明，爷爷把桌子放到炕上不久，大狸猫就喵喵地钻到桌子下面来了。大狸猫变成了他消累解乏的好伴侣。读书读累了，他便偷偷把手伸到桌子下面，跟大

---

① 刁：戏弄的意思。

狸猫玩起来。一会儿揪揪小猫的耳朵，一会儿摸摸小猫的爪子。小猫用爪子轻轻挠着他的手。爷爷要是发现孙子没有把心放在书本上，脸上流露出走神的样子，就知道孙子已经念得厌倦了，看看太阳，也该是孙子休息的时候了，就说：

"到外面玩玩去吧，不要到庙后头去看赌钱的，也不要去看扔坑①的，在咱们院子里什么地方都可以玩。"

孙子答应了一声"是"，就跑掉了。

他在后院的大榆树下面钩榆钱，有时在椿树下面捉小猴②，有时他用爷爷网蝴蝶的那个小线网到花椒树下网鬼子蝴蝶③、网蜻蜓，有时，他还要骑着那匹大黄狗满院里跑一阵，蹭一阵。一直玩到估摸着时间到了，这才转回房间来学习。他玩够了回到房间学习的时候，经常是不早不晚，恰是时候。可是，有时来得稍晚一些，爷爷把大拇指和食指伸了出来，作出要用手指夹孙子脸颊的样子，半开玩笑地说：

"贪玩吗？要提防着这个呀！你看，这大剪子怕不怕呀？"

"怕！"

---

① 扔坑：是大黑坨的一种赌博。
② 小猴：是寄生在椿树下面的一种昆虫。
③ 鬼子蝴蝶：蝴蝶的一种，黑花纹翅膀。

"怕，就不要贪玩，好好地念书吧!"

于是孙子全神贯注在自己的书本上，又开始念起来了。

有一天，正逢胡家坨的集日，爷爷要赶集去。每次爷爷一出门，就留给他一些功课和几个生字，等爷爷出门回来的时候，必定要考他一下，看是不是把留下的功课都学会念熟了；要是爷爷回来的时候，没有学会，没有念熟，那就一定要受处罚。

这天，爷爷临迈出屋门坎，还叮咛他的外甥女儿（我父亲的表姑）说：

"你得好好地照着他点儿，别让他老玩呀!"

外甥女儿连忙说：

"你放心吧，我一定不叫他在外面乱跑!"

爷爷这才放心走了。

爷爷走出家门以后，孙子就把爷爷留下的生字和课文，都温习得滚瓜烂熟。他想，现在把爷爷留下的功课都学会了，到外面跑跑去多好呀! 可是爷爷临走的时候，又叫表姑照着我一点，怎能随便跑到外面去呀。他想了一阵，便笑着对表姑说：

"表姑，你过来，我问你一个字!"

表姑好像没有听见似的，手里拿着一只鞋底，走到了小红漆桌子旁边。

表侄又说：

"我要问你一个字儿呢，你看看，这个字儿到底念啥呀？"

表姑瞅着那个字号儿笑了，她说：

"你要是问我这个鞋底子咋纳，那件衣服咋缝，我都能说得上来。你要是问我这个字儿念啥，它认得我，我可不认得它。"

表侄笑了笑说：

"我爷爷不是叫你照着我点吗？连这个字你都不认得，还咋照着我呢？"

这句话倒把表姑给惹笑了。她想："连小猫小狗，在家里待够了，也得到外面撒个欢儿呢，要是成天把孩子圈在屋里死读书，还不把他圈病了吗？"想完，表姑对表侄说：

"你爷爷给你留下的功课都学会了吗？"

"都学会了！"

"你念给我听听，我虽然不识字，也会听呀，要是念得很熟，我就放你到外面去。"

表侄一字不落地把爷爷留下的功课念了一遍。表姑听了很满意地说：

"很好，玩去吧！要早点回来。可是，要记住你爷爷嘱咐的话，不要到老母庙去看扔坑的和赌钱的就中！"

表侄答应了一声"是"就去了，他照旧到后院里和后园子里转了一阵。看看太阳有点偏西了，估摸着爷爷赶集快要回来了，他便回到家来，坐在小红漆桌子前面，又专心致志地复习爷爷留下的功课和生字。

表姑呢，手里拿着针线，坐在桌旁照着他。

等爷爷赶集回来以后，问起他给孙子留下的功课，孙子都能对答如流，清清楚楚地说出来。

父亲说：这一天，他过得最好了。玩也玩得很痛快，留下的功课也都学会了。以后，他摸住了这个规律，每逢爷爷有事外出，他便先把功课温习得烂熟，然后放下书本痛痛快快玩一阵，最后再温一阵课，这样学习效果很好。

处　罚

　　老爷爷虽是生意人出身，却偏偏喜爱读书明理的人。他把后半辈子的精力完全投到孙子身上，想把孙子培养成一个像样的人。他最憎恨成年累月集到老母庙里的赌棍们，因为老母庙紧对着我家的大门口，生怕这帮人影响了他的孙子。他时刻提防着不让孙子往那伙人里凑。

　　每天，全家人吃过晚饭以后，都坐在北屋里闲聊。老爷爷坐在北屋里靠西边的凉床上跟大伙谈话，一谈就很容易谈到老母庙后面的那帮赌徒。他用洪亮的声音愤愤地说：

　　"那是一伙害群之马，老天爷给了他们一双手，不用来干好事，黑夜白天耍钱闹鬼，染满两手铜臭，像这样醉生梦死地混下去，那有啥意思呢?!"

　　老爷爷在孙子面前不断地挖苦那些耍钱闹鬼、游手好闲的人，常带着教训的口吻说：赌博不是好人干的。因而父亲从小就远远地离开那些人。他有时也想凑到跟前看看热闹，老爷爷认为是一件很危险的事，绝不允许他去。

父亲在庄西头老谷家的私塾里读书，书念得很认真。这是他第一次离开家庭和外边人接触，老爷爷很不放心，每天日头稍微一偏，他就站在大门口巴望，从老母庙往西瞅，一直瞅到老谷家门口，等着孙子回来吃饭。

有一天中午，老爷爷看见日头影正了，他就紧忙做好了饭；饭菜整整齐齐摆在红漆八仙炕桌上，等着孙子放学回家吃饭；但是左等不来，右等也不来，等得他十分焦心。他拄着拐棍从家里走出来，站在大门口不住地往西边看，他看见老母庙后面黑压压一群人围在那里扔坑儿呢，旁边还站着一群看热闹的；在那群人里，正好有他的孙子。他一句话也没有说，拄着拐棍又转回家里来了。

一会儿，父亲回来了，一进门就喊了一声："爷爷！"

老爷爷板着脸说：

"吃饭去吧！"

父亲吃饱了饭，待了一小会儿，老爷爷就问他说：

"你做啥来着，回来得这么晚？"

"没做啥，看扔坑的来着！"

老爷爷又问：

"看扔坑的热闹不热闹？"

"热闹！"

老爷爷用眼睛盯着孙子的脸，点点头又说：

"热闹是热闹呀，比在家里坐着不动，光念书要热闹得多呀！"

等了一会儿，老爷爷愤愤地接着说：

"可是，我嘱咐你的话就白说了吗？不让你往那伙人里凑，你偏往那里凑，现在你认罚不认罚？"

"认罚！"父亲没有哭，知道自己做错了事，认罚是合理的。他甘心情愿地听候爷爷给他的处罚。

过了一会儿，老爷爷又说：

"要是认罚就到房上给我翻麻去！东厢房门旮旯里有一把大木杈子，拿了到房顶上翻麻去吧！"

老爷爷在北正房的房沿上密密匝匝晒了一片麻，要是翻起来当然相当吃力。父亲拿着一把木杈子，顺着后院的梯子爬到正房上来，一杈一杈地翻了起来。那时正是七、八月间，毒毒的日头晒着他那瘦小的身子，他那细细的胳膊，瘦小的手儿刚刚能举起一把杈，翻起麻来真叫吃力，累得汗流浃背，险乎把他累坏了。父亲的表姑和老姑在下面一直给他找说情的机会。看见他那副可怜样儿，她们心疼得眼泪往肚里直流。看看麻已经翻完了一半，她们觉得该是说情的时候了，两人就到老爷爷跟前去讲情：

"天太热了，看把孩子累得汗从头上往下直流！把孩子累伤了咋办呀？"

老爷爷早就等着这两个老姑子来给他孙子说情了。老爷爷赶忙说：

"嗯，是时候了，快下来吧！"

1905年李大钊同志入永平府中学堂后的师生合影，
前排左起第四人为李大钊同志

每逢老爷爷处罚孙子的时候，这两个姑姑专门等着找机会说情，她俩估摸着该到时候了，就得说情，说得早了，老爷爷说还没有到时候；说得太迟了，老人家还得向外甥女儿和侄女儿发脾气：

"你们那么大岁数了，一点眼色都没有，还不知道他累得慌吗？"

这一回处罚，两个姑姑说情时，老爷爷的气早消了，父亲一从房上走下来，老爷爷就迎上去问：

"热不热？"

"热！"

老爷爷又接着问：

"累不累？"

"累！"

老爷爷又说：

"好，去歇歇吧！以后可要好好念书，再不要挤到那伙人里去看扔坑的了！那些扔坑的都是流氓坏蛋，哪有好人干那个的！要是干那个，东邻西舍都把大牙笑掉了呢！"

接着老爷爷把庄里那些耍光棍的丢人丑事都一一讲给孙子听。他生怕由于这次处罚，孙子吃不下晚饭去，就说出许多惹人笑的事情来。从挖苦那些光棍们讲到一些引人发笑的小故事，一直把孙子说得心里不再沉重，脸上露出笑容为止；孙子笑了，老爷爷也笑了。这样一来，一天的阴云全都散了。

从此，父亲再也不到老母庙后头去看扔坑的了。

邻　家

　　我的家乡，过去有一种风俗：每年一到旧历除夕，那些缺儿少女人家的老太太，脚踩着自己家的屋门坎，替儿媳妇或孙子媳妇往家里招呼孩子。母亲常常开玩笑说，我哥哥就是李长年大伯家里的大奶奶在年三十晚上叫来的。

　　那一年，大年三十晚上，大奶奶踩着她家的正房门坎，隔着一堵长墙，向我们院里喊：

　　"白丫头，黑小子，到我们家来吃饺子！"接着她自己又问："来了没有？"

　　我家三奶奶立即回答："来咧，你们家来了吗？"

　　大奶奶说："来咧，我家来了个黑小子，你家来了个啥？"

　　三奶奶说："我家也是个黑小子！"

　　第二年在那一个月份里，我母亲和长年家瞎大妈凑巧果然都生了儿子。这当然是一种迷信的说法，可是大奶奶、三奶奶她们，竟那样信以为真。长年家大奶奶高兴极了，给她孙子起了个名字叫东邻，又给我哥哥起了个名字叫西赎。哥哥常和东邻哥在一起玩，我也很喜欢和瞎大妈的二闺女庚子姐在一块儿玩。两家相处得很要好。我父亲对瞎大妈这家人非常喜欢，每次从北京回来，都去看他的长年大哥和瞎大嫂子；长年大伯也总要到我家里来看父亲。长年大伯与父亲平时很少见面，所以有些腼腆，低着头，从来也不看对方的脸，他的脸上却布满笑容。父亲爱同他唠一些庄稼活儿的事情。他和父亲见过面以后，每每喜欢跟四邻们讲：

"我愿意跟我兄弟聊聊，听他讲一句话，我的心就开了窍，啥都明白了。"

有一天，我们一家人坐在炕上正围着红漆桌子吃早饭，我一不留神，把几颗米粒洒在桌子上，父亲指着饭粒用责怪的口气说：

"这都是庄稼人用血汗换来的呵！这样糟蹋粮食，太不好了。你看不见东间壁你长年大伯一家人吗？他们成年累月，拿着身子当地种，全家人还吃不饱穿不暖。粮食就是他们这样的人种下的。你们不能只会吃，不懂得粮食收回家里的难处呵！"父亲说完，又给我们朗诵了一首古诗：

锄禾日当午，

汗滴禾下土；

谁知盘中餐，

粒粒皆辛苦。

母亲接着说：

"长年大哥一家子，就是这样种地。那一家子可怜的么，真是说不完。他们孩子多，日子又艰难；一家人除了在地里干活以外，一闲下来就吵架，婆媳俩吵，他们两口子也吵。不料越穷越添彩，今年他们好不容易做了一缸酱，还叫鸡刨了。婆婆喊着：'鸡刨酱咧！鸡刨酱咧！'媳妇抄起扫帚就打鸡，孩子哭大人叫，真是闹得鸡飞狗跳墙。从此，人家就跟瞎大嫂子叫'鸡刨酱家的'！"母亲一说完，把我们全都逗笑了。可是父亲的脸却布上了一层愁云，他沉默了好一会儿才说：

"这样的苦日子，把长年大哥压得实在挺不起腰杆来了。无冬无夏，风雨无阻，每天天不亮，鸡一张嘴就得到窑上去背砖，背完砖还要下地种田。早上披星星、顶月亮地走出家门，晚上又披星星、顶月亮地走进家门。就这样辛苦卖力，还是养不活一家老小。"

母亲有些愁苦地说：

"我看长年大哥一辈子也翻不过身了。"

父亲说：

"不能这样讲。现在苏俄的劳动人民不就翻身了吗？

我们要是像苏俄那样做，还愁劳动人民翻不了身？将来像长年大哥这样的人，一定是新中国的主人！"

母亲低声说：

"他们还指望做啥主人呀，有饭吃就中呵！"母亲似乎有些不相信父亲的话，但也没有争论。双方正要谈下去，门帘忽然掀起了一个小缝儿，门外探进一个头来。原来是隔壁邻居一个闺女。她一看见父亲，就问了声"大叔好"，父亲亲热地瞅着那个小闺女，问："这是谁？"母亲笑着说：

"真巧，这个小闺女正是长年大哥的二闺女，她的小名叫庚子，她是来找孩子们玩的。"

父亲"哦！"了一声，就问庚子：

"你多大啦？"

庚子姐回答：

"十二了。"

"十二岁怎么长得这么矬呀？"他随后又说："哦，原来是裹脚裹的呀！你回去跟你妈说，就说你大叔讲的，别再给你裹脚了。这多伤筋骨呀！你妈要是再给你裹脚，你就找大叔来！"

小姑娘一听说叫她放脚，从心坎里高兴。可是她又有些发愁地说：

"我不敢跟我妈说，怕我爹知道了打我！"

"不碍事，你爹一定不会打你。他要是打你，我就去找他们！"接着父亲又说起当年大伯剪辫子的事："你爹是个明白人。那年剪辫子，在咱庄里头一名剪了辫子的就是他。他不但自己剪了辫子，剃成秃头，还劝转了六个背窑的伙伴也剪了！"母亲接过来说：

"长年大哥他们七个人背砖刚一进庄，有人在街里就喊起来：快来看呀，七个秃和尚背砖进庄咧！庄里的乡亲们追着他们看新鲜。以后庄里的人，一个一个都剪掉辫子，剃成和尚头了。"

几天以后，父亲到长年大伯家去找瞎大妈聊天。瞎大妈听说小叔子来看她，远接近迎，把父亲让进她的那间窗户连牛棚、熏满牛粪气味的小屋里。父亲坐在炕沿上，跟瞎大妈很亲热地唠起家常，话题很快转到了庚子姐应当放脚的事。瞎大妈听了自然是很不乐意，她说：

"咱们庄户人家，又不念书，放脚有啥用？闺女家长大了，带着两只大脚，找不到婆婆家可咋办？"

父亲说：

"咱庄稼人家的闺女，才应该放脚呢！裹成了小脚，干不动活，坐在炕上摆样子吗？孩子长得不发实也是这个原因哪。裹上两只小脚啥事也不能做，可有啥用呢？咱们的孩子要地里炕上的活儿全都会，天边海角都能去才行呵！"

瞎大妈开初不肯听父亲的劝告，但她架不住以后父亲一见面就跟她讲。有一次父亲又到瞎大妈家里去，看见庚子已经放了脚。父亲很高兴，对庚子说：

"你看，你妈到底叫你放脚了吧！"

庚子也很得意地说：

"不光是我一人放了脚，我姐也放了脚呢！"

这以后，我们庄里的女孩再也没有缠足的了。我们常看到庚子同她姐姐一块儿上场、下地干活。

后来瞎大妈看见我们，还提起这件事来说：

"这都是你爹的好处，你二姐要不是放了脚，这会儿她咋能关里关外哪儿都能去呢！

他不让我们随便掐花

　　父亲是很喜欢栽树种花的。在我们老家后园子的边边溜溜的地方，父亲亲手栽了很多树，每年还种些各色各样的花。

　　我们没有到北京以前，逢到过暑假，父亲从北京回到老家歇伏，每天早晨，他都要带着我们到后园子里散步，看一看他亲手栽种的那七棵槐树，几棵榆树，还有一棵枣树。

　　这时候他种下的那片牵牛花，都已爬上了篱笆，红红绿绿地迎着早晨的阳光，开得像花山一样。天蓝色的蝴蝶花，还没有开，每棵花梗上都顶着一个深蓝色的花骨朵，显得格外茂盛。有一次我看见一朵红色的牵牛花，非常喜欢，正要伸手去掐，忽然被父亲用手拦住了。他说：

　　"不要掐，花长在这上面多好看！"

　　"我要掐下来！掐下来好看。"我还犟嘴要掐。

　　"花一掐下来就会蔫的，不如让它长在上面大家看！"

我看见父亲板着面孔这样说，就不敢再犟嘴了。可是我的手却没有立刻缩回来。

"让它长在上面，大家看！"这句话在我的脑子里一会儿工夫反复了几次，我觉得很有道理，还是自己不对，就悄悄地把手缩回来了。

父亲种了牵牛花和蓝蝴蝶花，每到春天，它们就从软松松的黄土里冒出苗来，慢慢地长大，红红绿绿开满了一篱笆花。我带着一群小伙伴们，就在他栽种的花丛里窜来窜去，捉蝴蝶、逮蚂蚱玩。

一年一年地过去了，父亲在后园子里亲手栽的许多小树，很快地长成了树林。夏天的时候，我跟着哥哥，跑到那又高又大的槐树和榆树下面捉蝉捉铜壳螂。每到旧历七、八月间，暴风雨的夜晚过去以后，天刚一麻麻亮，我就捧着升子到枣树下面去捡枣。鲜红的甜枣，半升半升地捡回家来。这时候，要是赶上父亲从北京到家里歇伏，他一定也跟我们到后园子里去看那片爬上篱笆的红红绿绿的牵牛花和天蓝色的蝴蝶花；跟我们在槐树和榆树下面去捉蝉和铜壳螂；或者同我们到枣树下面去捡枣。他玩起来，跟孩子们一样的天真活泼。

下　棋

在"五四"以前，当父亲把我们全家从乐亭接到北京，住在回回营二号的时候，偶尔还有些空闲时间。他在家里有时喜欢写大字，有时同我们一块下棋。

现在保留下来的他所写的条幅或对联的墨迹已很少了。它们大多是在"五四"以前那个时期，应亲友们的要求而写的，后来由北京带到农村，才得以保存下来。最引起大家注意的那幅著名的对联："铁肩担道义，妙手著文章"，这话很能说明他那时候的心境。那是他给我的姨夫杨子惠写的。他还给我的舅舅赵小峰写了一幅中堂，上面抄录的是王昌龄的一首诗：

寒雨连江夜入吴，
平明送客楚山孤。
洛阳亲友如相问，
一片冰心在玉壶。

父亲的这幅墨迹，是经过战争的动乱年代幸存下来的。但在抗战时期，收藏它的亲友在日寇封门搜查的恐怖中因为害怕招惹祸事，把父亲的署名"李大钊"撕掉了，只留下上款"小峰弟正之"几个字。赵小峰后来因为有共产党的嫌疑而被日寇在汀流河杀害了。

在我们的前院北屋中间的厅堂里，有一张长方形的旧红漆西餐桌，父亲常常就在这张长桌上写字。那时他常给我们朗诵唐诗，写字时也喜欢录写唐诗；例如他还曾经写过、教我们认字时又背诵过的这一首：

月落乌啼霜满天，
江枫渔火对愁眠，
姑苏城外寒山寺，
夜半钟声到客船。

父亲虽然写字送给亲友，但上面从没有盖过印章，在我的记忆里，他从未刻过讲究的篆刻印章。有人建议他刻两块图章，在他写的条幅上面打上印章，就更好了；他却不赞成，他说：写字不过玩玩罢了，哪有什么意思呢？

父亲很喜欢下军棋。他一有空，就要跟我们下棋。要是一玩起来，他和我们这些孩子一样，既活泼又认真。

有一年在要过春节的时候，已经到吃晚饭的时候了，父亲还没有回来。我同哥哥就到回回营西口的电线杆子下面去迎接父亲。我们正在等待着，忽然看见父亲从远处走了过来。他的手里好像还提着一个什么东西，老远就听见稀里哗啦地响。我和哥哥急忙迎了上去。父亲把手里提的东西递给了我一个，随后又递给哥哥一个。在黑夜里，我一点也看不清楚给我们的是什么东西，

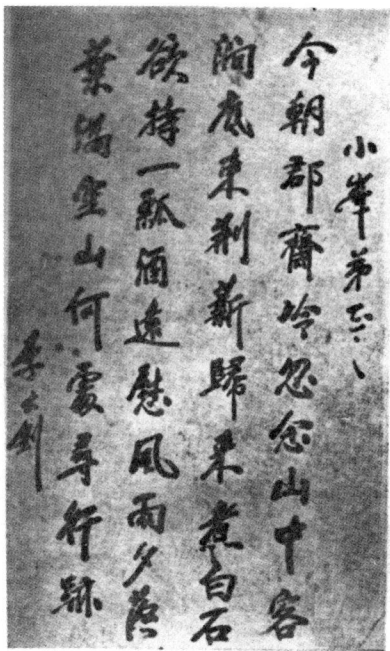

李大钊同志的墨迹，录唐代韦应物诗《寄全椒山中道士》

只是觉得它的体积不小，而分量很轻，进屋以后才看清是灯笼，上面拴着四条铜链子，灯下面垂着很多黄丝线穗子。

父亲把同时买来的小蜡烛点着，将一对花纱灯并排挂在书房的屋顶上，下面是那张长方形红漆西餐桌。我们一家人就围着桌子坐下来看花纱灯。每盏纱灯上面，画有四幅美丽的彩图，上面都是人物、梅花、雪景一类风景画。

父亲兴致勃勃地把每幅画上的故事，一一讲给我们听。其中有两幅画留给我的印象最深：一幅是某某人雪里寻梅；另外一幅是一位身穿古装，头戴一顶红风帽的雅士，独自一人从铺天盖地的大雪地走向一片松林。

我们全家围坐在纱灯下面的桌子上，吃了一顿舒畅而有趣的晚餐。晚饭后，父亲余兴未尽，他说：

"在纱灯下面，下一盘棋吧！"

母亲说：

"在这儿下一盘棋倒也很好，可是没有棋子和棋盘怎么下呀？"

父亲说：

"那不要紧，书柜里还有带色的红、绿硬壳纸，我们大家动手做一副棋吧！"

父亲虽然喜欢下棋，但从来没有给我们买过棋子，每当下棋或棋子不全的时候，就让我们自己做棋子，他在旁边很耐心地一点一滴地教给我们。他说：

"用自己做的棋子来下棋，是非常有趣的事！"

于是母亲把红的和绿的硬壳纸，从书橱里拿了出来摆在长桌子上，她又取来糨糊和剪刀，大家围了起来动手做军棋。

母亲把红红绿绿的纸剪成长方形，父亲把它叠成棋子形，舅舅写棋子上的官衔，哥哥就往棋子上粘。在他们做棋子的时候，我跑进跑出给他们打杂儿，取东西。一会儿，一家人七手八脚就把棋子做好了，棋盘也画成了。从如何做棋子、画棋盘，到摆阵势，走棋子，父亲都耐心地教给我们。我们就在纱灯下面下起棋来。父亲的面孔显得很严肃，就象和敌人临阵交锋那样认真。母亲在一旁开玩笑说：

"看你爹有多可笑，跟孩子们下棋，还那么认真！"

父亲说：

"要是不认真，那还有什么意思呢？玩也应当认真，要不就很难提高他们下棋的水平！"

父亲的棋下得真精，他善于从对方的面部表情，很巧妙地猜测对方摆的什么阵势，移动的是什么棋子。他能十拿九稳地猜透。父亲和母亲下棋的时候，是最能引起我们观战兴趣的。他们一下棋，舅舅就是公正人。因为母亲爱摆空军阵，这一弱点早被父亲摸透了。父亲常常使用很小的中士或下士，来试探母亲的地雷。母亲却总误认为是对方的军长或师长碰雷牺牲了。她立刻禁不住喜笑颜开，脸上现出微微的笑容。但是到了最后，父亲从从容容把对方的军旗拔掉。这时候，母亲虽然下输了，她照旧拿起地雷就走，用它去吃父亲的棋子，公正人舅舅坐在中间也不说话。可是，父亲在那边却幽默地说了一句：

"哼，地雷长腿了吗？"这样一来，把大家逗得哄堂大笑。母亲才认输了。

父亲下棋是不喜欢摆空军阵的，纵然偶尔一次摆下了空军阵，但也决不会露马脚的。

他打趣母亲说：

"不能拿着摆空军阵当吃家常便饭！那样还能指望战胜对方吗？"

从此以后，我们家里下军棋的风气就流行开了。即便是父亲不在家的时候，母亲也要同我们下棋。由于父亲喜欢下军棋感染了我们，我们对军棋这种游戏也发生了浓厚的兴趣，直到现在，我还会下军棋呢！

父亲给我讲的故事

放　鸟

　　父亲对我们的一切都很关心，虽然他的工作忙极了，他还忘记不了对我们的教育，常常督促我们学习。只要适合我们读的书，他总是买回来给我们看。记得鲁迅先生写的小说《呐喊》刚一出版，父亲就立刻买回来。还有一次，他因为被敌人注意，转入地下做党的秘密工作，不能随便出门，听说出版了一套新书叫作《东方文库》，他马上就叫母亲出去把这部新书给我们买回来。当母亲把书买回来很端正地放在书桌上的时候，父亲笑嘻嘻地瞅着桌上的这部《东方文库》，好像在等着什么似的。这个时候我坐在母亲的身旁，没有理睬桌上的书。哥哥进来了，他一眼看到了那些书，马上就跑到书桌跟前去，高兴得了不得，一本一本地翻起来看。父亲看见我对新买来的书似乎一点也不在意，就很不高兴地说："这部书原来是给你们两个人买的，现在谁喜欢看就给谁吧！"父亲的话，深深地教育了我，以后我就懂得对读书不热心，是一件很不应当的事。

那时我对书不那么感兴趣，同年龄小也有关系，可是我却常常缠着父亲给我讲故事。因为父亲工作太忙了，给我们讲的故事并不多，但他讲起故事来，总是讲得津津有味；有的故事他给我们讲过好多次了，我们总是听不厌。

我记得在他把《呐喊》买回来的时候，我们还住在石驸马后宅，他给我们讲起了他自己小时候的一个故事。他说：

"我从小就讨厌那些游手好闲的人。咱们庄里就有这样一个人，他的名字叫堆厮。这个人过去曾经在关东做生意，赚下了几个钱，才不过二十八、九岁，就把买卖收拾了，回乡养起老来。他养着两只很漂亮的小鸟，是米黄色的羽毛，火红色的下巴颏，叫起来很好听。他很爱这两只小鸟，简直胜过爱他自己的命。他从来不许别人走近他的这两只小鸟。堆厮这个人不但养鸟出了名，而且自私也很出名。他家里的东西邻居一件也借不出来。他常常提着鸟笼子到咱们的大门口蹓跶。

"有一天，是夏天的一个中午，他到咱们的门洞来乘凉，把他心爱的小鸟笼随手挂在门洞上，就和在门洞里的人吹起牛来，先夸他的两只小鸟怎样好，又说他上关东时吃的、玩的有什么。

"我一听他吹牛就讨厌，也讨厌他把小鸟关在笼子里。后来他不知有什么事走开了一会，我心里高兴极了；趁着门洞里没有人，我赶紧把凳子拉到鸟笼底下，两脚站在凳子上，左右看了看，没有人来，立刻打开鸟笼子门，把小鸟给放了。小鸟一飞出鸟笼，在天空里打了个转，就不见了。我非常高兴，也像那两只得到自由的小鸟似的，轻松愉快地跑到学校去了。

"傍晚放学后，一进家门，祖父就板起面孔问我：'是谁把人家的鸟放了的？'

"我回答：'是我！'

"祖父说：'好，现在先别吃饭，拾粪去吧！'

"我说：'好。'因为我认为我做的很对，即便受罚，我也不感到痛苦。

"后来我的姑母告诉我：中午的时候，堆厮一看他的鸟笼大开，他的小鸟飞得无影无踪，气急了，他猜着这一定是我干的，就来找我爷爷算账，爷爷对堆厮这样的人本来也不喜欢，他对于我放鸟的事也并不怎么生气，但他认为我不该太淘气，而应该专心致志地读书。因此他也要借此教育教育我。

"赶到天黑了，我的姑母替我说情，祖父也就不再惩罚我了。"

父亲把他的故事讲完以后，笑了好久，还张开两只胳臂学着鸟飞的样子。我们听了，都高兴得大笑起来。

父亲听我唱歌谣

每当父亲讲完一个故事以后，他常叫我们给他唱些歌谣或者也讲一个故事。我就高高兴兴的给父亲一个又一个地接连唱了好几个歌谣，这些歌谣的内容，多半是讲小姑跟嫂子怎样不和的事。有一次我怪高兴地给父亲说了这样一个歌谣：

> 洋洋豆，两头掐，
>
> 坐篷车，上娘家，
>
> 爹爹看见抱包袱，妈妈看见抱娃娃；
>
> 哥哥看见一扭搭，嫂子看见一嗅搭。
>
> 不用你们扭，不用你们嗅；
>
> 爹妈死了不上门，爹妈死了烧纸来，
>
> 你们死了到坟头上拉屎来！

父亲听了以后说："这个歌谣没有什么意思，你再唱一个吧！"

接着我又给他唱了几个，父亲脸上的表情还很平淡，也没说什么。最后我又唱了一个关于地主与长工的歌谣：

长工甲说：天道黄橙橙。
长工乙说：必要刮大风。
长工丙说：刮风就下雨。
长工甲又说：下雨就歇工。
地主在窗户外头听到就说：
歇工好，歇工好，
一个推碾子俩铡草。

父亲听了这个歌谣就笑起来了。他说："这个歌谣很有意思，你看地主对长工多狠！再说一遍吧！"

我听父亲夸奖我，自然更有了兴趣。我就也用手比着手势，脸上带着表情又说了一遍。

黑人的故事

另外一次，吃过午饭，家里没有客人，父亲也没有到外面去。我看父亲不像往常那样忙碌紧张的样子，又缠着父亲要他给我讲故事。这次父亲很痛快地答应了。这个故事也很有意思，是这么说的：

有一个黑人，伺候着一个有钱的美国人。黑人对他的主人一向是很忠实的。黑人无论对主人怎样的好，他的主人总是对他很坏。那个有钱的美国人，每天总是吃好的，可是从来也舍不得给黑人吃。后来黑人就生气了。黑人心里这样想："主人对我这样狠，我一定要给他颜色看看！"

有一次，他的主人请客，是吃午饭，又是鱼又是肉，做得很有滋味。主人陪着客人吃得怪舒服。当主人吃到烧鸡的时候，发现少一只鸡腿。主人气极了，就把黑人喊来，恶狠狠地问他说："为什么小鸡少了一只腿？"黑人很自然地说："这只鸡就是一只腿！"主人气轰轰地叫起来说："谁说的？你简直是胡说八道，我从来没有看到过有一只腿的鸡。"一个说有，一个说没有，两个人正在争论得不可开交的时候，黑人看到院子里树荫底下的花堆旁边有一只小鸡，正缩着脖子，闭着眼睛，一只腿藏在翅膀里，一只脚站在地上。

这时，黑人理直气壮地说：

"你看，院子里那只小鸡，是不是一只腿呢？哼，你从来就没有看见过有一只腿的鸡，今天叫你开开眼吧！"主人听到黑人的这一番话，气得连一句话也说不出来了。他用足了力气向小鸡"哧"了一声，小鸡就放开两只腿，连飞带跳地跑到花堆里去了。

"你看这是一只腿还是两只腿呢？这回看你这混蛋还

有什么话说?"主人很得意地说。

那个黑人说:"你吃烧鸡的时候,找不到腿,你就应该像现在这样轰它一下呀,为什么那个时候你不轰呢?"

黑人把美国阔佬说得目瞪口呆,无话可说。聪明的黑人胜利了。

讲完这个故事,父亲的脸上显出微笑。这些事直到今天想起来,我是总也忘不掉的。

在女高师教学片断

在课堂上

父亲开始在北京女子高等师范学校的国文部教课，大约是在一九一九年的秋天。当时，父亲是北京传播新思想的名教授之一，同学们虽然过去大都没见过他，但都读过他的文章，对他已有良好的印象。在祖国处于帝国主义瓜分掠夺和军阀专横统治的黑暗年代里，一般青年学生都渴望寻找挽救民族危亡的道路。他们极为渴望掌握新思想、新知识。父亲在学校里是一个深受欢迎的教师。听孙桂丹大姐说，当他第一次走进女高师国文部的课堂时，全班同学都用新奇而亲切的眼光高兴地欢迎他。

那时他还穿着一身浅蓝色的西装。同学们从他的讲授中听到了过去没有听到过的东西。他讲话很慢，条理清楚，给同学们印象很深。但他还担心同学们听不清楚，一边讲，一边把比较生僻的字写在黑板上，字的个儿写得有碗口那样大，坐在远处的人也都看得清清楚楚。他教的是社会运动史，还教过西洋伦理学史、女权运动史和图书馆学等。在社会运动史中，他讲到氏族社会中的图腾；从奴隶社会，一直讲到《共产党宣言》的问世。用唯物史观分析社会历史的发展，在那时实在是一种新学说，这使同学们对用旧观点编的那套历史产生了很大的怀疑。父亲也惋惜地对同学们说："现在还没有人用唯物史观的观点编出一部中国历史来。现在历史教不好，就是因为缺少这样一本书。"

父亲在教学中很注意用启发式的教学方法，培养同学们独立思考。他常常以同学们自己的切身问题为例，批驳社会上种种不合理的现象和错误思想倾向。这使同学们对他倍加钦敬，感到他同别的教授有很大不同。

有一次讲授伦理学，他首先批判了封建主义的"孝道"，然后说："我们今天所以反对孝道，是因为社会的基础已经起了新的变化。孝道并不是天经地义的事情，而且子女与父母的关系的好坏，也要看双方的感情如何，不是可以用孝道束缚得住的。我不主张儿子对自己行孝，可是我却疼爱自己的老人；因为他抚养了我，教育了我，为我付出过很大的心血。疼爱自己的老人，这是人之常情，不能算是孝道。"

北京女子高等师范学校师生合影，后排右起第三人为李大钊同志。

女同学们在"五四"新思潮的影响下，都知道应当反对封建礼教，但对"孝道"到底应采取什么态度，这对她们的确还是一个不容易理解的问题。李先生讲法新颖，把大家吸引住了。她们又纷纷提出了一些实际问题。有个同学问："要是我的老人对新思想不能接受，该怎么办呀？"

父亲回答说："对待这个问题不能急躁。对于老年人，只有用说服的方法来批判旧道德，并向他们解释新道德的意义，不要生硬地强迫他们接受新思想。"

李先生的这个回答，同学们都很信服。

又有一次讲到关于妇女解放的问题，父亲对于束缚妇女的"家"，从文字上作了一番解释。他向同学们提问：

"'家'字为什么是由'宀'和'豕'组合而成的呢？"他解释道："'宀'本是门字的意思；'豕'是猪的意思；'宀'和'豕'组合在一块儿，就变成了'家'字，这就表示：妇女们成年累月关在家里，喂猪养鸡，操劳家务。"

同学们一听都愤愤不平起来。有一个站起来问："先生，人们到什么时候才能不从父姓而从母姓呢？"

坐在第二排角落里的孙桂丹马上站了起来，说了她自己的看法，她说："先生，我看将来一定是女孩子从母姓，男孩子从父姓。你看这合理吗？"

父亲笑了笑说："将来会有那么一天，人们愿意姓父姓就从父姓；愿意姓母姓就从母姓。可是依我看，无论从父姓或从母姓，都不能算是妇女解放的关键问题；只有妇女真正摆脱了家庭的生活琐事，参加了社会活动，并且有了自己独立的经济地位，才能真正得到解放。"

他还特别提到"儿童公育"问题，认为它是达到男女平等的一个重要方法。"儿童公育"，当时在人们听起来还是件很新鲜的事，它关系到每个妇女的切身利益，同学们当然也都感到很新奇。一个同学选择"儿童公育"这个题目写了一篇论文。写好以后，她把论文交给父亲评改，父亲在她的本子上批了几个字，在发作业簿的时候对她说："你能够按照目前的情况写出一个理想的儿童乐园，自然很好。但是我们中国将来进到社会主义社会或共产主义社会的时候，孩子们的乐园'儿童公育'自然会随着条件的不同而改善的。到那时候，孩子们就更幸福了；相比之下，你所理想的那个'儿童公育'就太简陋了!"接着，父亲把自己所了解的当时苏俄的婴儿室的情况给大家作了介绍，并且说："将来到了共产主义社会，'儿童公育'的设备比今天的苏俄还不知要强多少倍呢!"父亲在讲课和回答同学们问题的时候，经常举苏俄的革命事迹为例，这在当时对同学们来说，确是很新奇的事情。

父亲到女高师任教以前，胡适已经在那里教中国文学史了。同学们对父亲和胡适两个人的教学，留下了两种截然不同的印象。在新思潮的影响下，同学们当时对胡适也很崇拜，但胡适讲文学史的时候海阔天空，抓不住要领；他架子又大，同学们听不懂也不敢提问。她们欢迎父亲上课，因为她们认为父亲讲革命的道理，对于旧思想、旧道德的批判，总是举事实，进行分析，使人信服。

在课间休息的时候，父亲常常不到休息室去，而是在同学们的座位间走走，看看同学们记的笔记清楚不清楚，有没有什么问题。同学们呢？下课铃一响，她们也常常一拥而上，把李先生围起来，向他提出各种问题。她们见李先生站久了，就搬一张凳子来让他坐下讲，一直讲到上课铃又响；这时，有的同学已替李先生把黑板擦得漆黑光亮了。

《孔雀东南飞》的公演

父亲在女高师时，不仅在课堂上耐心地指导同学们的学习，启发她们的革命觉悟，还在课余倡导同学们参加有益的课外活动。在五四新文化运动中，他提倡妇女解放和婚姻自由，反对父母包办的封建婚姻制度。在他的影响和指导下，有一班同学临毕业时，将古代民间长诗《孔雀东南飞》改编为话剧演出。

那是一个炎夏的晚上，父亲从女高师回来，同母亲谈到学生们演出话剧《孔雀东南飞》的事，他劈头就问：

"《孔雀东南飞》那首长诗你看过没有？"

母亲说：

"读过。诗里的意思还记得清清楚楚呢，只是句子差不多都忘记了。"

父亲说：

"这首古诗非常好。女高师国文部今年的一班毕业生把它编成话剧了。"

父亲一边说，一边从书架上找出一本线装书，拂了拂书本上的尘土，找到了那首古诗，指着叫母亲看。母亲却心不在焉地只顾讲自己的话：

"什么时候公演？带孩子去可以吗？"

父亲迟疑了一下说：

"可以去，不过小孩子未必看得懂！"

母亲说：

"看不懂戏，叫他们看看热闹也好呀！"

父亲同意了，说：

"给他们讲讲，他们就懂了。"

他又把注意力贯注在刚才找出的那首古诗上，一个人看了一小会，然后就给我们讲了一阵。我们对这首古代长诗发生了很大的兴趣。

没出一个星期，有一天晚饭后，父亲和母亲带我们到手帕胡同的一个机关里去看《孔雀东南飞》的演出。这是我第一次看话剧。我记得每一幕每一场，都使我感到新鲜；尤其是有一幕里出现了一个身穿长袍马褂，满嘴"之乎者也"的男角，一出场就把观众都逗笑了。父亲指着台上那位扮演兰芝的哥哥的人，告诉我们说，她就是常来我们家的陶姐姐。一听说她就是陶姐姐，我更笑得直不起腰来。于是"兰芝的哥哥"在台上的一举一动，都引起我的注意。

那晚散场回家以后，父亲和母亲热烈地议论这出新编话剧的演出，评论哪位同学演得像，哪位同学演得呆板。母亲爱看扮演焦仲卿的孙桂丹大姐的表演；父亲最欣赏的是程俊英扮演的受气媳妇兰芝和冯沅君扮演的那个恶婆婆。他说："程俊英扮演那个受气的兰芝太像了。冯沅君把恶婆婆的性格也表演得十分真切。没想到这出小小的话剧，表演得这么好！"

我呢，一直为陶姐姐在戏台上会变成一个男子而奇怪！

父亲笑着问："她像个男子吗？"我毫不犹豫地回答："像，她一出来我就觉得有意思。恐怕以后再变回来，她也不像原来的陶姐姐了！"

我的话把父亲和母亲全逗乐了。

第二天，我们家里来了一群女高师的同学，她们有事来找父亲。同父亲谈罢正题以后，她们也谈起头天晚上演出的《孔雀东南飞》来。大家都说那个恶婆婆太狠毒了，把媳妇、儿子都逼死了，都很同情受到封建制度压迫的兰芝。她们很亲热地拉着我的手问："小妹妹，昨天的戏看得有趣吗？"

我说："陶姐姐扮演男人演得真像！"我还向她们学了陶姐姐在台上"之乎者也"的那套转文台词，引得大家也一阵大笑。

毕业班同学们这次演出《孔雀东南飞》，从编剧到导演，父亲都参加了。经过这出戏的编剧和演出，父亲对同学们每人的思想、性格更加深了了解；同时，这对她们也是一次很好的反封建的教育。

诲人何其勤

　　在父亲担任北京大学图书馆主任的时候，我曾经到沙滩红楼他的办公室里去玩。父亲的办公室里，摆着几个高大的、镶着玻璃的书柜，里面一层层地排满了各种中外文书籍。我那时还是个小学生，哪里知道，这间不大的办公室，竟是一个小小的红色思想的发祥地。很多革命青年都是在这里认识了父亲，并接触到马克思主义的。父亲在青年们的印象中为人谦逊和蔼，当时他虽然已经是名流学者，但他富有青年人的热情，也从不摆什么架子。他总是耐心地接待和帮助青年，把青年看成祖国的希望所在。他以平等的态度和青年们一起讨论问题。他常常把他的书柜里的马克思主义著作借给来向他请教的青年们阅读。朱务善同志就是常到他的图书馆办公室去借书的一个。他曾说父亲确是热爱青年，特别是热爱学习马克思主义的青年。

　　父亲经常接济穷苦的学生、工人和有困难的同志。他是大学教授，月薪二百多元，但母亲常常为了柴米油盐发愁，我记得我们每次跟父亲回老家，坐火车从来都是坐末等车。曹靖华同志曾说，他在北大俄文系当旁听生时，有一次因为交不起学费去找我父亲求助，父亲立即给北大会计科写了一张条子，请从他的薪金中给曹靖华同志解决学费问题。他还对曹靖华

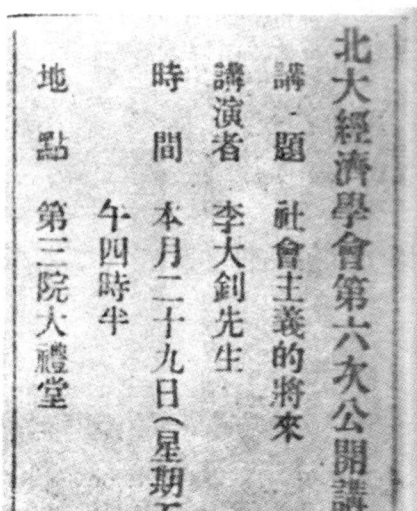

李大钊同志于一九二二年十一月二十九日在北大经济学会公开讲演的布告

同志说："解决了学资问题以后，你还有什么困难，可以来找我。"类似的事情是不少的，结果北大会计科几乎每月都有父亲开的借条，到发薪时几乎每月都扣除借款，父亲常常拿不到整月的薪金回家。后来，北大校长蔡元培先生知道了这种情况，为了保证我们家中的生活不致发生问题，就通知会计科，每月从我父亲的薪金中先留出一笔钱来，作为我们家里的生活费，交给我的母亲。

父亲被捕时，和他一起被捕牺牲的，都是青年人。共产党员范鸿劼同志是北大学生。他被党派到武汉出差，正是北伐胜利进军的时候，武汉政府要他留在武汉工作，但他说，李先生留在北京不走，他也不走。他说，在北京做

地下工作，也很有意思。于是，他冒着白色恐怖的危险，又从武汉回到了父亲的身边。父亲在狱中自己失去了自由，但直到他壮烈牺牲前，还在法庭上为那些同案入狱的青年们辩护。他虽然也知道这种辩护不会起什么作用，但他绝不隐瞒自己的思想，还要据理力争。他在《狱中自述》里这样说："……钊自束发受书，即矢志努力于民族解放之事业。今既被逮，惟有直言；苟因此而重获罪戾，则钊实当负其全责。惟望当局对于此等爱国青年宽大处理，不得株连，则钊感激不尽矣。"父亲把一切责任担当起来，以保护他的年轻战友，充分表现出他热爱革命青年的心境。

索薪斗争

一九二一年，初夏的一个黄昏，我们一家人围坐在八仙桌前正要吃饭的时候，母亲又念叨起八校欠薪的事情来了：

"差不多快一年了，月月都欠薪，搞得人一点办法也没有了。每月大学里发的那点点薪，你又不如数拿回家来，再这样下去，家里就开不起锅了！"

父亲看看饭桌上摆的那盘臭咸鱼，还有每人面前那碗高粱米粥，没有说什么。过了一会儿，父亲才板起面孔说：

"我们要是老有这样的饭菜吃，那太叫人满足了。你还不知道呢，大学里的职员们，每月收入那点点薪水，哪儿够一家老小充饥呀。现在军阀把持政权，尽想争地盘，哪里还顾得上教育经费！职员们现在恐怕连口稀粥也喝不上了！"

父亲说到这里，脸上布满一层愁云，把头稍微向前低垂着，不知在想什么。母亲也没有说话，我们一家人沉闷闷地吃完了这顿晚饭。

全家人刚放下碗筷，西屋里的电话铃又叮叮嘟嘟响起来。父亲连忙起身去接电话；在接电话时父亲讲话的声音又严肃又紧张，只听见他高声说："准备好了，一切都准备好了。明天七点钟以前我到学校里来！"

趁父亲接电话的空子，母亲悄悄叮嘱了我们几句：

"你爹为八校欠薪的事，这两天火气很大，你们早点睡下吧，免得惹他心烦！"

我没有作声，只是点了点头。

父亲打完电话回来，母亲迎头就问：

"是不是明天就去？"

父亲说：

"当然要去！我憋了一肚子的话，想要跟那些家伙们讲讲道理！"

母亲说：

"跟他们能讲出个什么道理呀？人家大权在握，想咋摆布就咋摆布！我看还是不去妥当些。"

父亲说：

"一定要去的。难道我们就让他们这样摆布下去吗？他们不讲道理，我们只有反抗，把请愿变成示威！我们要质问这些坏蛋，他们到底把办教育的经费搞到哪里去了！

如果这伙狗豺们不肯出面，我们的请愿书也已经写好了，那就用书面跟他们讲道理！"

第二天下午，我和哥哥放学回家，一进门就看见母亲坐立不安，好像家里发生了什么事故。她立刻告诉我们说：

"刚才北京大学来了一位伯伯，他说今天你爹到新华门前请愿去了。靳云鹏居然下令，叫卫兵用枪刺子戳散各校代表，听说有很多代表受了伤；不知你爹现在怎么样了，那个伯伯又到新华门前探听消息去了！"

我同哥哥听到这个消息以后，什么话也没说，不约而同地放下书包，返身出门，到石驸马后闸东口去迎接父亲，担心着父亲一定负了重伤。我们在胡同口等了一会儿，连父亲的影子也没看见，心里很焦急，只得又折回家来。

这时候，家里已经又到了一位客人，坐在八仙桌旁的木板椅子上；正向母亲讲述新华门前请愿的情形，只听见说：

"守常看见卫兵行凶，挺身向卫兵冲了上去，他的脑门被枪刺子戳破了！"那个伯伯讲到这里喘了一口气。母亲急得追问了一句：

"伤重吗？"

那位伯伯说：

"伤不重！我们大家眼明手快，立刻把他拉住了！想把他拉回来，他哪里肯依呢！他在新华门前一跳多高地演说起来了。他说：'国内混乱，教育不振，都是由于你们这些卖国的军人把持政局。凡是有血性的中国人，决不容许你们这样做！'守常先生说到最激奋的时候，没留神被地上的泥泞滑倒了，沾得一身污泥。我连忙走到他跟前去呼唤他：'守常，守常，你怎么样了？'他一声不哼。我们就雇了一辆人力车，把他搀扶到车子上，送到顺治门里首善医院去了。"

母亲又问：

"医生可检查过了吗？现在怎样了？"

那位送信的伯伯说：

"没什么，放心吧！医生说是由于过分激动，好好休息两天就会好的！"

那天晚上，一家人都惦记着父亲，心里很不平静。第二天一大早，我们正要到医院里去探望父亲，忽然看见父亲头上缠着雪白的绷带，走进家来。我们立刻围上前去，问长问短。提到新华门前请愿的事情，父亲仍然很激动，气愤地说：

"这些卖国军人们，他们哪里拿我们老百姓当人看待呀！好像我们中国就是一个屠宰场，他们可以任意宰割、鱼肉我们。这些豺狼们，只知道啃我们的骨头，喝我们的血，哪里还管什么教育不教育呢！可是，群众的激愤用武力是压制不住的，他们越压制，群众就觉醒得越快……"

我们一动不动地用眼睛盯着父亲，听他讲述请愿的事情。他告诉我们，八校教职员索薪团一共派了三十个代表，在西城美术学校集合后，出发到新华门总统府去请愿。当时徐世昌正在总统府召开国务会议，拒绝会见代表们。索薪团只得把事先写好的请愿书递了进去。听说徐世昌把请愿书拿在手里一看，顿时脸被气得煞白。二话没说，把请愿书递给了身旁的国务总理靳云鹏。靳云鹏接过来一看，立刻把请愿书摔在地上，恶狠狠地吼叫说：

"这还行？卫兵们，打！"

早就严阵以待的卫兵们立刻端起枪把，向请愿团的群众动起手来。

原来，请愿书上用了这样讽刺徐世昌的字句："徐大总统，你自己本来就是无耻，还有脸面提倡什么'四存'，这就更无耻了！"许多请愿的教职员当场受了伤。带队的马叙伦先生的左眼角上被打得鲜血淋漓，伤势特别严重。父亲看见卫兵行凶，立即挺身而出，向在场的群众揭露反动政府的卑鄙行径。当他讲到最激动的地方，一跤栽倒在总统府门前的影壁下面，以后他就什么也不晓得了。

父亲讲到这里，忽然停住了。他好像想起了一些什么问题似的，独自一人踱到院子里去了。他在宽阔的院心里散了一会儿步，随后又在海棠树下蹀起步来。忽然，街上的门环"嘚、嘚、嘚"响了几声，接着有两位伯伯从外边急匆匆地走进来。两人一见到父亲就喜出望外地说：

"好极了，原来你已经回来了！我们一大早就雇好了一辆汽车到医院里去接你，没想到扑了一个空！"其中的一位身材较高的伯伯放低了声音说：

"守常，听说外面风声很紧，卖国政府正要逮捕这次请愿的首脑呢！我在东交民巷法国医院替你找下了一间病房，赶快随我们到那里避避风头吧！走，我们送你去！"

父亲冷笑一声说：

"怕什么，他们欠下我们的钱不还，反倒要打我们，他们有什么道理呀？要是卖国政府果真传我，我倒有讲理的好机会了，可以当面和他们说说理。让他们来抓好了，看我痛痛快快骂他们一顿！"

两位伯伯无论怎样劝告，父亲坚决不肯去避风。那位身材较高的伯伯因为还有别的事情，独自坐上雇来的那辆汽车先走了。父亲同留下的伯伯从院里走回房间，随后，他就夹起他的那个黑色大皮包，同这位友人一块儿走出家门，到石驸马大街的女高师上课去了。

国立八校教职员到新华门请愿这件事，当时在社会上影响很大。一九二七年父亲就义以后，反动报纸曾经刊登了一则消息，说我父亲所以参加了"组织共产党"的原因，"主要是基于这次请愿受到刺激所致"。这种分析自然是不对的，但也说明父亲这次带头参加请愿，亲自领导群众同反动政府斗争，他是英勇无畏的，他是要同军阀反动政府斗争到底的。

流氓暗探迫害家庭

一九二三年春天，父亲应湖北教职员联合会的邀请，到武汉各大学作关于唯物史观的学术讲演。这次离开家后，有一年的时间他很少回来，直到第二年，他在广州参加完国民党第一次代表大会以后，才回到北京；他回到北京时，我们的家已经迁到了一个新居，不在石驸马后宅三十五号了。这是因为父亲离开北京期间，正是"二七"大罢工以后，那时候，流氓暗探用种种方法和手段，侦察他的踪迹，迫害我们的家庭。

父亲离开家不久，哥哥有一天到门口去玩，胡同里忽然拥出了一伙流氓匪徒，把他包围起来就是一阵痛打。希增表兄看见了，急忙跑回家来，抄起父亲从小市买的那根带有铜人头的紫檀木手杖，就出去还击。流氓们于是蜂拥而入，像一群恶狗似的闯进了父亲的书房，借机把父亲的书搜索了一阵，从书架上、书柜里把书和文件翻检了一地。捣乱以后，他们就溜走了。

事过不久，接着第二桩事情又发生了。半夜里，疯狗进家，闹得全家不安。事情是这样的：

一天夜里，风刮得很大，屏风门轰轰直响。弟弟的奶母在东耳房里，连忙爬了起来，想看个明白；不料她刚一开屏风门，一只恶狗就闯进来了，奶母被疯狗咬了一口，我们家养的三只可爱的小狗也都被这条疯狗咬伤了。半夜里，全家人都惊动起来打狗，弟弟、妹妹才幸免被疯狗咬伤的危险。从此我每天带着奶母到首善医院去给她治疗打针，她才保住了性命，没有患疯病。那三只可爱的小狗，三个月以后，母亲预料它们可能要暴发疯病了，把它们关在东屋里，它们果真一只只全都疯死了。

以后，又发生了第三桩事：失盗。

那是当年的冬天，有一天黄昏，天刚一擦黑，北屋里只有我和哥哥在里间屋内玩，母亲到东耳房里去看弟弟。邻居丁太太，从外面跑了进来，吓唬我们说："呵，你们听听，外间屋里是什么响呀？不骇怕吗？我带你们快到耳房里去找妈妈吧！"丁太太这样一说，我仿佛立即听见外间屋里的几棵夹竹桃的叶子哗啦啦直响，哥哥好像也听见了有什么响动似的。我们都很害怕。于是丁太太背着我，手里拉着哥哥，把我们带到东耳房去了。趁这个空子，盗贼进了我们的北屋，把我家的一只白皮箱子偷走了。当天晚上，母亲带着我们回到北屋的时候，看见报纸和杂志散了一地，她还不明白是怎么回事。母亲问帮我们家做饭的雨子妈：

"是谁把书报扔了一地呀？"

雨子妈顺口回答了一句：

"还不是孩子们打架扔的！"

其实，这些书报、杂志是匪徒们从我们家北屋搬走箱子的时候，从箱盖上掉下来的。母亲说这些话的时候，她并没有警惕到是失盗了，丝毫没想到我们家皮箱被人偷走了。她还自言自语地说："大帮年子，把屋门关严些吧，免得发生什么意外。"这才是俗语说的"贼走了，才关门"呢！

第二天一早，奶母抱着弟弟到门口去玩，在那间长年没有人住的门房里，发现了在土炕上摆着一只大白箱子。奶妈抱着弟弟急忙回到家里告诉了母亲。母亲出去一看，她还不相信是自己的箱子，后来仔细一看，才发现自己的箱子丢了；箱子里空空如也，只留下两顶帽子，有一顶是我的黑地印着彩花的法兰绒帽子。母亲又急又惊，把失盗的事马上报告了派出所。不一会，两位警察老爷来到了我们家里，端端正正一边一个坐在我们外间屋里的方桌两旁。母亲坐在床沿上，向他们讲述遗失衣物的经过，讲了遗失的东西的件数和式样。可是，那两位警察老爷坐在那里不仅哼呀哈地无动于衷，还用埋怨人的口吻说：

"哼，丢了的东西，哪儿会那么容易地找回来呢！你们为什么晚上不把门关好呀？"

母亲说：

"临睡以前，我们的门是上了栓的！我们也不知道贼是怎样进来的！"

警察耷拉着眼皮，阴笑了一下说：

"那么到底是怎么进来的呢？"

派出所并没有解决我们家里被偷盗的问题。两个警察走出去以后就再也没有来，关于失盗的事就杳无音讯，不了了之。

匪徒们盗窃了我们的东西，并没有因为心愿已偿，善罢甘休。每天，天一擦黑，我们就听见房顶上有沉重的脚步声；接着，听见有人从北屋的房檐跳到西屋房檐上的声音。有一天，母亲和舅舅坐在屋里商量怎样应付房上匪徒们的事。

母亲小声说：

"依我看来，这不像是普通偷盗的事，东西既然顺利地盗进手里了，为什么他们还天天要到咱家里来捣乱呢？"

舅舅也低声说：

"当然这不是一般的小偷，这里面肯定有文章。警察的那种态度也是很可疑的呀！情况报告给他们，连一点反应也没有。依我看，还是三十六着，搬为上着！"

母亲说：

"傍年扣节的，搬家哪里是容易的呀！"

母亲和舅舅正在谈话，房顶上又咕咚咕咚地响了起来，那些匪徒又来了；接着，"咚"地一声，有一个人，从西耳房的屋檐上跳到西厢房的屋顶上去了。这时，哥哥、舅舅，还有雨子妈等人，手里拿着棍棍棒棒，从北屋里叮叮当当地都闯了出来，他们顺着响动直向西屋后面的厕所那边跑去，嘴里大声喊着："捉贼！捉贼！"

留在北屋里的只有母亲和我。母亲在屋里向舅舅他们喊叫：

"放他走吧！不要把他打伤呀！"

母亲正在屋里高声喊叫，忽然从东耳房的屋顶上，砸下来一块大石头，把屋檐下面放着的一个绿釉子的大瓦洗衣盆砸了个粉碎。舅舅和哥哥，还有雨子妈，又从南面转了过来。

舅舅站在院子当中向北屋房顶上说：

"朋友，你们既然把我们家的东西拿走了，为什么还天天到房顶上来呢？"

屋顶上没有人回答，但仍然听到有咕咚咕咚的沉重的脚步声，过了一会儿，才听不见响声了。

以后，匪徒们依然天天夜晚到我们家里来捣乱，警察却根本不过问，任你把这种情况怎样详细地报告给他们，也是无效。母亲实在想不出什么好法子，只好决定离开这里。在天天闹贼，日夜不安的情况下，舅舅也总在发愁叹气；他还念叨着年关到了，他老不回去怕家中老太太惦记，他要回去过年。母亲不让他走，说等搬了家或我父亲回来以后再走。他看这情况也走不了，于是就四处托人找房。

就在我们要从石驸马后闸三十五号搬走的前夕，忽然收到了父亲从南方寄回来的一封信。很凑巧，父亲在信上除了叙述他最近在南方的旅程外，还提到他在去广州的火车上，也遭到扒手偷钱的事。幸而钱没被扒手偷走，否则他连路费也会丢光了呢！

父亲回到北京的时候，我们的家已搬到了铜幌子胡同甲三号。父亲一到家，我们就向他叙述他走后家中发生的一连串不顺心的事。关于失盗的事，父亲说：

"这不能简单地看成是一般的偷盗，那些流氓暗探找人打架，又放疯狗进家咬人，他们是串通一气的。"我还跟父亲学着妈的话说：

"那晚上，我妈还喊着：'放他走吧！千万不要把他打伤呀！'"

父亲笑了笑说：

"你妈是够慈悲的了！你们即便把那个贼捉住，或把他打伤了，也不过只能把他交到派出所；可是，派出所跟他们是一伙儿，你们还有什么法子治他呢？”

父亲这样一说，我们才明白过来，原来这伙强盗同一般的小偷的确是不一样的，他们是勾通一气来迫害我们的，同父亲在火车上遇到的小偷也不一样。父亲对当时社会上一些有偷盗、酗酒、赌博等不良行为的人，从来没有简单地持责骂态度，他总是从产生这些问题的根源上来想，把它们看作是社会问题。这一点给我留下了深刻的印象。我还记得，每当人们在一块议论某人长、某人短的时候，他常常是不插嘴，不接声，而是在一旁听着，脸上流露出沉思的神色。他对家中发生的失盗及其他事情，一眼就看透了这是反动政府迫害我们的毒辣的阴谋手段。

我们在父亲回来以前，急急忙忙从石驸马后闸搬走，可是一搬到铜幌子胡同的新居，流氓、暗探们跟着来了，他们又在我们住宅的周围钉上了暗哨。在那个时候，我们搬到哪里，这些家伙就跟到哪里。

五峰山二次避难

　　一九二四年的初春，父亲和哥哥又到昌黎五峰山避难去了。

　　这是父亲第二次为逃避军阀政府的缉拿去五峰山，也可以说这是他与五峰山最后一次的告别。

　　父亲从北京动身以前，稍稍化了一下装，把那两撇惹人注目、威严黝黑的胡须剃掉了，扮成一个生意人的模样。为了躲过敌人的耳目，哥哥陪伴在他的左右，跟他一块儿走。父子俩随身带着两个轻便的软包袱，从北京乘京奉路夜车，次日天刚蒙蒙亮就到了昌黎。他们下车后，没有像以前那样先到城里投奔大德增客店，而是背着包袱，直奔昌黎五峰山来。他们到了五峰山韩昌黎祠，在看祠人刘克顺老汉家里落了脚。刘克顺老两口子，像往常一样，用松子烧茶，欢迎远来的朋友。

　　乍一来到韩昌黎祠，父亲的心情十分沉重，因为他从广州参加国民党第一次代表大会回来以后，北京有许多工作需要做。但他突然得到了紧急的消息：反动政府警察总监王怀庆下令通缉他这个"鼓动罢工"、"宣传赤化"的共产党领袖。在这样紧张的情势下，父亲只好把北京的那摊工作临时交代给别的同志承担，他不得不暂时离开北京。另外还有一件最使他伤心的事，就是他最心爱的女儿钟华，由于得了肺炎，在铜幌子胡同死去了。他就是怀着这种肩负重任而不能去做，和失去爱女的沉重心情，来到韩昌黎祠的。

初春季节的五峰山祠堂，很少有人来，不像炎夏时期常有一些闲人来避暑游逛。他来了以后，每天只是坐在祠堂里看书、写文章。哥哥这次到五峰山来，自己也已经有了独立阅读课外读物的能力，不像过去那样山前山后到处去玩了；他有时就坐在祠里看父亲带去的《镜花缘》。

昌黎五峰山的望海峰

有一天黄昏的时候，父亲站在房屋前的扫帚柏前面，正透过花砖墙向外眺望山中的远景，忽然看见果树林里，白云深处，时隐时现地有两个人影向五峰这个方向走来。父亲觉得很奇怪，他想，这会儿天都快黑了，谁还到僻静的深山里来呢？他立即躲在扫帚柏的后面，观看两个人的行踪。人越走越近，显然是到五峰韩昌黎祠来的。当那两个人走近的时候，他才认出原来是于永滋同志和我大舅的儿子希增。父亲连忙从扫帚柏的后面迎了出来，把那两个客人带进他居住的房子里。于永滋同志坐下以后，父亲叫哥哥和希增到外面台阶上去玩，小心有人到祠堂里来游逛。他说：

"要是有人到这边来的时候，你们就打个暗号好了！"

哥哥和希增出去以后，父亲对于伯伯笑着说：

"你打扮成这种样子，叫我差一点认不出来呢！我走后北京的情况怎样？你一定先到我家去了吧？"

于是于伯伯把北京的工作情况告诉了父亲。他又接着说：

"这个地方真好，真僻静呀！我要是不先到你家里，自己怎么能摸到这里来呢！"

父亲笑了笑说：

"要是王怀庆果真派他的爪牙到这里来抓人，只要我们往后面的松林里一转，管叫他们又得扑个空！"

于永滋同志是奉党的命令来给父亲送紧急通知的。党中央决定，派父亲率领中共代表团出席共产国际第五次代表大会，三天以内就要他动身到北京和同去的代表们研究出国的办法。

父亲听到了要到苏联去的通知，自然十分高兴，他做梦也没有想到这时能到莫斯科去。

于永滋同志完成了重要任务以后，又掏出一封信，笑着对父亲说：

"这是纫兰大嫂托我给你带来的一封信。好啦，我的任务完成了！我打算今晚乘十一点多钟的火车返回北京哩！"

于永滋同志走了以后，父亲才拆开看了母亲的那封信，从母亲的信上和希增的口里，知道了他离京后家里发生的一连串事情。他和哥哥刚离开家的那一天晚上，警察总监王怀庆就派便衣军警到铜幌子胡同甲三号的住宅里去逮人。但是出乎王怀庆的意料，当这伙匪徒们威风凛凛走进铜幌子胡同甲三号的住宅的时候，他们扑了一个空。他们只好在家里乱七八糟地搜索了一阵，扫兴而去。第二天，我们全家在姨父的带领下，乘京奉路的晚车，转回了乐亭老家。可是，我们全家刚回到乐亭，王怀庆又派遣他的爪牙，追到乐亭去缉拿父亲。这一次照样又是扑了个空。母亲回答匪徒们说："他没回来！"匪徒们的光临，倒是给我们村庄添了一些麻烦。我们村庄的会头们，用酒肉招待了他们一场，总算把王怀庆的爪牙们对付走了。这伙爪牙们，从北京到乐亭，恰好从昌黎五峰山经过，他们偏偏把父亲避居的地方漏过去了。

母亲为了这次通缉非常担忧。她在信里和父亲商量：她打算写信给白坚武，请白设法把通缉令撤销。这样做法是否妥当，她希望父亲给一个明确的回答。父亲马上给母亲复了一封信。

第二天天刚蒙蒙亮，父亲就把写给母亲的那封信和一些零星衣物交给了希增和哥哥。他又把来时背的那个小包袱精减了又精减，放进一套哥哥看过的《镜花缘》。一切准备妥当以后，临行时，他对哥哥说：

"这套书，我带走了，在路上看看。以后你要是想看，等回到北京时再买一套吧！我到了莫斯科就给你们来信！"

他又叮嘱希增和哥哥说：

"你们在祠里再住一晚，等我走了以后，明天早晨再动身回家。刘克顺老爷爷起来以后，你们告诉他，我因为要赶车，来不及向他告辞就先走了。"

父亲走时还是他来韩昌黎祠时的那身打扮，背着一个轻便的小包，像个行庄生意人。当时正值桃杏花盛开的季节，苹果花、海棠花、梨花也含苞欲放，碣石山变成一架花山了。可是他顾不上欣赏这春光明媚的景色，就匆匆忙忙地下了山。从此以后，他再也没有来过他曾经那样留恋过的昌黎五峰山。

哥哥、希增把信带回家里，我们全家——母亲、哥哥、大祖父和我，都凑到炕沿前面昏黄的煤油灯下，急切地读着这一封长信。在这封信里，父亲粗略地回顾了他到南方以后，反动政府对家里的一连串迫害："流氓寻衅，疯狗叫门，盗贼施展恐吓手段……"等等。他说，种种无耻的迫害是吓不倒他的，反动派的丑恶狰狞面目只能激起他的愤恨，增强他的斗志。至于反动政府的通缉令，他根本不放在眼里。他在信里说："写信给白坚武大可不必。过去同窗的时候，我们虽是好友，但在去年'二七'惨案发生以后，我们就断绝了交往。他为直系军阀效劳，而我站在革命大众一边。就是亲兄胞弟，站在敌对战线上也是常有的事，何况我与白坚武……"

父亲在信中还对母亲说：现在，我的工作极忙，今后再没有空闲的时间照顾家庭了，你应当坚强起来，千万不要因为我的生活颠沛流离而焦急，应当振作起精神抚养和教育子女。我这次出国说不定什么时候回来。钟华的死确使我很伤心，但从此以后，我再也没有闲心想念她了。我已经为她写了一首长诗，作为对她最后的哀悼吧！

这封充满了革命乐观主义的长信最后说："目前统治者的猖狂，只不过是一时的恐怖罢了。不用多久，红旗将会飘满北京城，看那时的中国，竟是谁家的天下！"

偷渡国境

一九二四年四月二十四日，父亲冒着四处悬赏缉拿的危险来到北京。在一个朋友的家里，他同一起去苏联的其他五位代表①见了面，共同商量了出国的办法。为了防止路上发生问题，能够安全通过国境，父亲委派了两位青年代表，第二天一早先出发，到哈尔滨与党的秘密机关接洽，做必要的准备工作。随后，父亲等四人也乘当天晚上的硬席客车出发。临上车以前，父亲和三位代表已经商量妥，大家坐在一个车厢里，但彼此都装成陌生人的样子，谁也不搭理谁，免得有一个人发生了意外，株连更多的人。因为那时父亲是被军阀政府通令缉拿的"共产党首领"。妇女代表刘清扬同志的身上还隐藏了六位代表的出国证件，她心里是相当紧张的。据刘清扬同志对我说，在

---

① 同去的五位代表：工人领袖、中央委员王荷波，工人代表姚作民，妇女代表刘清扬，青年代表彭泽湘、卜士奇。据罗章龙同志回忆，他也是参加共产国际第五次代表大会的代表，但他是后去的，他到莫斯科时，李大钊同志已早到了。

这前两天，她从上海赶回天津为母亲做生日，当天晚上邓颖超同志帮助她准备出国的事，邓颖超同志借给她一件紫红色毛衣，并帮助她把证件缝在毛衣的下摆的一个犄角里。她担心万一被敌人搜查出来，不但代表们不能出国，同时将引起当局更大的注意，何况火车上也免不了要经过搜查和盘问。但是，他们这一次出发，一切都很顺利，四位代表在反动统治者的严密戒备下，平安地走出了北京，又经过天津、山海关；到了长春以后，他们就可以自由谈话，互相帮忙，比较轻松了。这样，一直坐火车到达目的地——哈尔滨。

当火车开进哈尔滨车站的时候，两位青年代表，早在车站上等候着迎接他们。妇女代表和两位工人代表，跟着一位青年，一块住进了靠近满洲里的苏联人开办的一个小旅馆；父亲带着另一位青年，投奔在哈尔滨经商的一位本族的哥哥李景瑞去了。在景瑞大伯父的帮助下，一切出国的事项都办理好了。因为是秘密出国，没有取得护照，同时还得绕过张作霖在国境上的检查，景瑞大伯父想办法给他们雇了三辆马车，而且帮助父亲把中国钱换成苏联卢布；此外，还准备好了路上携带的一些简便用具。一切准备妥当以后，父亲和那位青年也搬进小旅馆去住。因为代表们在动身前集中在一起，第二天启程就方便了。

这所旅馆很小，连伙计在内统共只有三个人。三个苏联人都能讲很熟练的中国话。由于客人稀少，旅馆里面显得十分冷落。父亲搬进旅馆去以后，当天他们谁都没有再迈出大门一步，他们在小旅馆里面吃、住，专等第二天马车一到就启程。父亲他们又向店主人询问了出国的情况。店主人说：

"你们六位同志，起码需要坐三辆马车。每辆马车连车夫算在里面，也不能超过三个人。而且一辆车还一定得用四匹马拉。"妇女代表刘清扬同志惊奇地问：

"怎么需要这么多的马来拉呢？"

店主人说：

"你们闯出国境的时候，车子一定要跑得快；马多车轻，才能够跑得快呵！还一定要选择膘满肉肥的好马呢！你们的马车可雇妥了吗？"

父亲说：

"一切我都托一位亲戚办好啦。我们六个人就是准备了三辆马车，每辆要套四匹好马，等明天天亮以前我们就动身！"

店主人说：

"车夫必须熟悉这一带的情况。国境分界的那架大坡，没有一点点隐蔽的地方，山头上的碉堡，不分昼夜有卫兵在放哨。要是他们一发现有人偷渡国境，准要开枪射击的；可是内行的车夫选择的道路，卫兵是绝对瞄不准、打不中的。有时候，士兵一发现有人偷渡国境，也会派马队追赶下去。但是遇到这种情况的时候很少。他们对待自己的职务也绝不是那样认真、那样忠心负责的。黑夜里天气那么冷，他们能不声张就不声张。但是你们也不能疏忽大意。闯越国境的马车一定要轻便，能一口气闯过山坡才好！"

店主人说了这许多情况，父亲和代表们又问了一些走出国境以后应注意的事情，大家就休息了。店主人临走出他们的房间，又叮嘱说：

"你们好好休息吧！明天过国境的时候，是非常紧张的呢！精神上对任何不利情况都得作准备。"

第二天，天还没有亮，就有三辆马车停在小旅馆门前。父亲和妇女代表刘清扬同志坐最前面的一辆；两位工人代表坐中间的一辆；最后一辆车里坐的是两位青年代表。每辆车都有四匹又肥又壮的高头大马，并排套在车子前面。六位代表上了马车，还没有坐稳，车夫就加鞭抽马，三辆马车立即飞驰在荒凉的大平原上了。这时候，父亲和五位代表心里自然是很紧张的，他们就像走上征途的勇士一样，很兴奋却也担心着会不会被山坡上守卫的士兵发觉。

他们是摸黑上的车；十二匹快马拉着三辆车子跑了两个钟头以后，天就要蒙蒙亮了，恰好，在这个时候正赶上走到国境上。车夫将马车不偏不斜地赶进两个碉堡中间的一条路上，穿行而过。那条路在一个光秃秃的平缓的山坡上，周围一带竟连一棵树木也没有，大概连一只鸟、一只兔子也藏不住。只望见两边碉堡上有几个人影晃来晃去。三辆马车载着六个代表，跨上这条路以后，车夫扬起鞭子一鞭接着一鞭地朝马的臀部上抽打；那些马也像是很理解主人心意，四蹄不停地直往山坡上奔。四十八只马蹄踏在石头上声音是那样响，那样清脆，终于惊动了碉堡里的人。右边的碉堡上，忽然响起一阵枪声。但是，天刚蒙蒙亮，打枪自然是打不准的；况且车夫选择的那条路，他们也是不容易打中的。虽说是这样，父亲和坐在车上的几位代表，这时的心情仍然非常紧张；赶车人的鞭子抽打得更稠密了。一定要在黎明前冲过国境去！十多匹马在车夫一阵紧似一阵的抽打下，像飞龙似的一直往光秃秃的高坡上蹿，足足跑了两个钟头，才平安地越过了这危险的国界；一越过高坡，碉堡就慢慢消失在他们的背后了。车夫这时候才深深地出了一口气，重新坐稳了座位，把手里的鞭子倒垂在膝下；马也都放慢了脚步，向前缓步小跑。六位代表知道险境已过，心里立刻舒展开了。他们不约而同地互相看了一眼，脸上现出了会心的微笑。这个时候，太阳已经爬上山坡，照耀着辽阔的原野。大家的心情非常愉快。马车继续慢跑了一阵。在那人烟寂寥的大平原上，远远地看见一处小小的房屋，那是铁路上的一个小车站。这里已经是代表们要去的苏联了。

父亲和五位代表，就在这个小车站上下了马车，落了脚。站长夫妇热情地把他们迎接到自己的一间卧室里；因为隔壁的那间办公室，有几位铁路工人，成天到晚坐在里面办公，此外再没有多余的房子了。站长家里人口不多，除了两夫妻外，就只有一个怀里抱着的小孩子。那天晚上，他们在站长的卧室里借宿；站长全家三口人，挤在一张大床上；六位客人睡在站长家里的花地毯上；这一间小小的卧室里，连客人带主人，一共挤了九口人。卧室虽小，苏联同志招待中国客人却是十分殷勤的。站长和他的夫人跑进跑出，端茶送饭招待远来的客人。饭菜都是站长夫人亲手给他们做的。站长夫妇的热情款待，给父亲留下了很深的印象，直到他回到祖国以后，还意味深长地跟我们谈起这件事。

父亲和代表们，在站长家里呆了一天一夜，等着搭第二天开往莫斯科的火车，就可以到他们所向往的国度的首都——莫斯科去了。

"三一八"那一天

　　在府右街后坑朝阳里四号，我们又重新安了家。这是父亲自己找下的房子，自然很合他的心愿。这所房子很适中，我们从这里到东城上学，不像过去那样远了。最使父亲满意的是这个地方比较僻静，但也不像过去住过的那些房子，总是别在小小的一条胡同里。这房子从南到北共有三排；从东到西每一排住着四户人家。我们的家是从南数第一排靠东边的那一所。街门前很宽阔，孩子们可以在那块空场上自由玩耍；正月里还可以在门前放风筝；闲暇的时候，大人孩子也到那个地方散步。想租这样的房子是父亲的夙愿，现在总算如愿以偿了。可是，我们在这所新房里安家没有多久，我的家庭又发生了很大的变化。

　　一九二六年的三月里，我们家里空气显得特别紧张。父亲每天总是早出晚归，很少在家里露面；母亲天天手里拿着报纸，专心致志地阅读。晚上，她还和哥哥热烈地谈论时局。看情形好像国家发生了什么大事。后来，从母亲和哥哥的谈话里，才知道国民军与奉系军阀张作霖近来正在大动干戈。支持张作霖的日本帝国主义眼见奉军节节败退，就悍然把军舰开进天津大沽口，向驻守在那里的国民军挑衅。据说日本开来了两艘军舰，国民军开炮还击，日本帝国主义竟借端闹事，向段祺瑞政府提出了"抗议"；它还借口维护"辛丑条约"，联合英、美等八国向段祺瑞政府提出最后通牒，限期答复，要挟中国撤除在大沽口的一切防御工事。这些情形，我当时知道得只是模模糊糊的，不很清楚，但这件事当时成为我们家里议论的中心。

"通牒"是三月十六日提出的。十七日的夜晚，我们全家都盼望父亲早些回来，能从他那里听到一些消息。一直等到深夜，父亲才回来，第二天清早又出去了。就在这一天，发生了北京学生工人的游行示威和震动全中国的"三一八惨案"。

父亲从早上出去，一天没有回来，下午家里又听到执政府门前开枪打学生的事，母亲急得坐立不安。她除了记挂父亲，还记挂着哥哥。哥哥也不知道上哪里去了。她正在着急的时候，哥哥从外面走进来了。他的灰色长棉袍上沾满了血污，把母亲吓了一大跳，全家人也都以为他中枪弹受伤了，围上去问他出了什么事。哥哥气冲冲地说："卖国政府开枪了，我们的人牺牲很多！"

母亲沙着嗓子问：

1926年"三一八"惨案前执政府门前的请愿示威群众与段祺瑞的卫队

"你身上怎么这么多血？是哪儿受了伤？"

哥哥说：

"枪声一响，我被人挤倒了，压到受伤的人身底下出不来，这些血是受伤的人身上流的。"

原来他是揪着大人的衣服从人堆里挤出来的。母亲问他：

"听说你爹也去了，你看见他了吗？"

"听人说，爹是去了，可是我一直没有看见他！"

我们全家人于是又重新陷入焦急的期待中。一个个侧着耳朵留神听街门上门环的响动。

天快黑下来了，父亲仍然没有回来。党内的同志和父亲的朋友们不断地来电话询问他的消息。到家里来打听他消息的人川流不息。有一位最近和父亲形影不离，我们叫他"大高个子"的同志，到我们家里来了不知道有多少遍，他找不见父亲，急得哭了。后来我们才知道他是父亲的保卫员。这一天晚上，我们家里乱成了一团，一会儿有人扣门，一会儿又是电话的铃声，一直闹腾了半夜。后来我听母亲说，那天晚上到深夜的时候，父亲终于回来了；但是他只在家里呆了一小会儿，叮咛了母亲一些事情，就和那位大高个子同志一块走了。

事后，我从父亲口中，从母亲和别的一些人的叙述中，知道了"三一八"当天的一些情况。

十八日这天早上，学生、工人、市民和各界代表，都纷纷到天安门前集会，要求政府拒绝八国通牒。大会结束以后，群众结成了浩浩荡荡的游行示威队伍，高呼："打倒军阀！""打倒帝国主义！"直向铁狮子胡同拥去。为了对付军警镇压，很多人把自己的红绿小旗，糊在一根粗粗的棍子上。在游行的大队两旁，指挥队、联络队骑着飞快的车子，往返通报着情况。走在队伍最前面的，是右臂上佩戴黑字白箍的敢死队。

可是，执政府的军阀恶棍们，头天晚上早已开过秘密会议，作好了镇压的准备。请愿大队走到执政府门前的时候，铁狮子胡同的里里外外，早已布满卫兵、警察和便衣侦探了。二百多个卫兵，个个佩戴着印有"府卫"两个金字的鲜红领章，荷枪实弹，密密实实分成两排，守卫在紧紧关闭着的执政府的门前。执政府里边的正面楼上，有一伙人伏在栏杆上看热闹。群众公推了五位代表上前要求会见执政府头子段祺瑞，卫兵队长蛮横地回答：

"段执政不在这里！这里一个负责人也没有！"

群众的正当要求，遭到了无理拒绝。有一位青年代表，爬上了石狮子，向群众报告说：

"同学们！代表们！他们说一个人也没有，我们怎么办？"

群众立刻骚动起来，大家纷纷喊叫：

"我们到吉兆胡同去！"

"我们到吉兆胡同去！"

"打倒卖国政府！"

"打倒军阀！……"

愤怒的口号声像滚滚的轰雷震破了反动军警们的耳鼓；卖国政府的大门却紧紧地关闭着。不一会儿，那些穷凶极恶的卫兵们，在卫队长的指挥下，脱下手套，端起枪，把子弹推上了膛。正在这时，父亲从影壁的后面出现了。大家出乎意外地看见了父亲，有人吃惊地说：

"呀，李先生！他怎么也来了！"

一部分代表，负责指挥、联络的同志们，急忙聚到他跟前，商量对付敌人的办法。他们准备推代表到吉兆胡同去；但是，刚在推选代表的工夫，就听见卫队长下了命令：

"向中间开枪！"

一阵枪响，刚才站在石狮子上面讲话和指挥队伍的青年，第一个中弹从石狮子上面倒下来了。戴着黑字白箍的敢死队员们气红了眼，抄起木棒就要冲上去，父亲把他们制止住了。他向大家说："卖国政府是蛮横无理的，我们一定要保全自己的力量！"

他让大家赶快从东西两门走出去。这时，卫队长鸣起了警笛，跟着又是一排枪声，随后警笛一声接着一声，就像恶狼的嘶叫，枪声也稠密起来了。队伍继续向两旁拥去。枪弹不住地射在影壁上，直打得土块噼里啪啦地往下落。父亲和一部分青年趴在影壁前面的一块大石头后面。他的身上和头上刹那间蒙上了一层尘土。

在群众往胡同外走的时候，街南马圈里埋伏的卫兵忽然冲了出来；东西辕门也埋伏着卫兵，专等人们走过辕门时，随出随打；胡同西边是一伙拿棍子的打手，连打带捉人；胡同东边是从吉兆胡同开来的一支手枪卫队，他们原是在吉兆胡同里保护卖国贼的住宅的，这时赶来镇压群众。手无寸铁的爱国群众完全处在阴险毒辣的包围袭击中。

堂堂的中国执政府门前，在光天化日之下，已经变成一个屠杀青年爱国志士的屠宰场。执政府门前那块空场上，鲜血横流，陈尸遍地。当"府卫"队疯狂杀人的时候，伏在府里正楼栏杆上看热闹的匪徒们，喜得手舞足蹈，拍手叫好。父亲看见这种情况，遏制不住内心的悲痛和愤怒。他强自抑制住满腔怒火，一面指挥大家撤退，一面观察匪徒们的丑恶表演。在刚一开枪，群众拥挤的时候，他曾被人群挤倒在马路旁的一个小沟里，脸上擦破了一层皮，还挤掉了一只鞋；但他自己却没有发觉这些。半小时以后，枪声慢慢平息下来，他正随着最后一批群众朝东边走，被卫队发觉了。卫兵正要向他开枪，他听见有一个人喊叫：

"不要开枪，拿活的！拿活的！"那个人边喊边向父亲跑了过来。到了跟前，父亲一看，是一个警察，但这个警察没有捉他，反倒用手向东边一指，小声说：

"朝那边走！快走，快走！"

父亲并不认识这个警察，可是他把父亲从危难中解救出来了。当父亲混在人群中走出铁狮子胡同东口的时候，大街上正戒严，摆小摊的小商小贩全收摊了，各个商店也都上了门板。街上除了警察、侦缉队来回巡逻，还有各校派来的人，抬着受伤的学生往医院里送。这时街上很少有行人的踪影。父亲沿着墙根往南走，听见距离不远的地方，隐隐又响起一阵枪声，但辨不出枪声的方向。

父亲朝南继续走了一会，走过一个小饭铺时，铺门忽然打开一条缝，有个人探头向外面窥看，父亲对那个人说：

"我可以进来休息一会儿吗？"

那人说：

"赶快进来！"

饭铺的掌柜的和伙计们，一看就知道这位来客是参加游行的人。因为那时父亲脚上只穿着一只鞋，背上全是尘土，脸上还带着伤，一脸的怒气。掌柜的和伙计让他赶快休息，还给他找了一双旧鞋换上。随后，小伙计又给父亲盛来一碗炒饭。他那个时候气得哪里吃得下去！大伙问起他这回请愿的事来，他就向伙计们宣传学生、工人为什么要请愿的道理，并且把执政府残杀爱国青年学生的暴行详细叙说了一番。伙计们听了，连声叹息不止。饭铺掌柜几次到门口看戒严撤销了没有，直到街上有了行人，他才让父亲走出来。

父亲从小饭铺走出来以后，转了几个弯，便直奔党的地委会去了。他当晚在那里召开了党团地委联合会议，讨论今后继续斗争的问题。会议上是这样决定的：一定把斗争坚持到底，组织推派党、团员同志们，立时到医院及学校慰问受伤的人；动员各校学生会，组织为死难学生开追悼会，进行安葬，进一步揭露卖国政府向帝国主义妥协的阴谋，让群众对黑暗的反动统治有更清楚的认识。

就在父亲离开家的第二天，穿着灰色长衫的便衣，就布满我家的门前房后。那天早上，报上登着反动政府缉拿领导爱国运动的"魁首"的通令，公布了一个所谓"暴徒"名单，其中就有父亲的名字。但是革命的火焰是浇不熄扑不灭的，全北京各学校都停了课。不论是小学、中学、大学，都在为死难烈士筹备开追悼会。那天一整天，都在刮风飘雪，真是天怒人怨。在石驸马大街女高师的大礼堂里，女高师的师生们，围绕着刘和珍和杨德群两位烈士的棺材，沉痛地哀悼她们。我们孔德学校也开了一个追悼会，校长痛哭流涕地把匪徒的暴行详细地给我们讲了一遍。追悼会开罢以后，我同很多同学跑到后面大操场上，从短墙跳到北大第三院，直奔三院的礼堂，去参加北京大学追悼死难烈士的大会。我们一踏进礼堂的门坎，就看见礼堂的四壁上挂满烈士们的血衣、血帽，还有烈士们遇难后的照片，使人惨不忍睹。礼堂的中央，摆着死难烈士们的遗像，前后左右摆满花圈挽联。"踏着烈士的血迹前进"八个鲜红的血字，很醒目地书写在白色的横幅上，直到现在好像还映在我的眼前。在开追悼大会时，有多少爱国的志士们，在烈士的像前表示自己的决心，有一个青年，义愤填膺地咬破了手指，扯下自己的衣襟，在上面用鲜血写出自己的誓言。后来听说主持这次追悼会的就是当时负责共青团的陈毅同志。

这一天，在我们家里还发生了这样一件事情。那天将近黄昏的时候，我家的门环急促地响了一阵，雨子妈正要去开门，听见门外一阵吵闹的声音。她从门缝朝外面一看，见一个穿绿衣的邮差工人，正在和一个幽灵似的灰衣侦探夺东西。那个邮差工人，一边抗拒，一边气呼呼地喊叫说：

"你算什么东西，敢从我的手里抢夺信件！"

那个穿灰长衫的侦探，一句话也没说，他从怀里掏出一个硬纸片，在邮差工人面前晃了一晃。穿绿衣服的人说：

"这个，我不管。我不能把姓李的信件交给你，我的责任是把信送到收信人的手里！"

接着绿衣人又朝着大门高声喊叫着：

"开门哪！这里有人抢你们的信呢！"

雨子妈立即打开了大门，从邮差的手里把信接了过来，她连忙把大门关好，就跑回家里来了。

在家里，母亲带着我们，整理父亲的一些书信、报刊和文件。我们把一切准备妥当以后，时刻提防着那些匪徒再来捉人。匪徒们也知道父亲没有在家里，总在门前一带盯着，始终没有冲进家里来。

应　变

　　一九二六年"三一八"惨案以后，段祺瑞政府又下通缉令捉拿父亲，父亲不得不暂时转入地下，住进苏联大使馆内的旧兵营。他每天还是照旧工作，从清晨忙到深夜，不知劳苦和困倦。

　　那时，正是北伐大革命的前夜，北洋军阀统治下的北京，反动势力十分嚣张。父亲住进俄国兵营后一个来月，一九二六年四月间，奉系军阀张作霖的势力在日本帝国主义的庇护下进了北京。张作霖的势力一进北京，就对革命力量来了个下马威：四月二十六日杀害了进步报纸《京报》的主笔邵飘萍，紧接着又处决了另一个进步小报的主编林白水。我记得当时有个画报上有人曾用"萍水相逢百日间"的话来影射张作霖进关前后的白色恐怖。也就是这个时候，在国共合作的新形势下，北伐战争开始了。革命军势如破竹，很快就攻克长沙，占领了武昌。在这样大好的革命形势下，处在白色恐怖包围中的父亲和他的战友

— 86 —

们，工作也更紧张，更繁忙了。为了应付随时都可能突变的形势，在党的安排下，一部分同志从兵营中撤出去，离开了北京，有的去武汉一带参加北伐战争，有的被派往苏联去学习。

看到那些去苏联学习的同志，我们那时都十分羡慕。关于苏联和伟大的列宁的故事，我们过去从父亲那儿听到过许多，因此早就向往着能到那个神话般的社会主义国家去看看。于是我，还有哥哥，都向父亲提出去苏联学习的要求。可是为了整个革命利益，父亲没有答应我们，他和蔼地回答我们说："不忙，你们现在还小，将来有机会，一定送你们去。"我们坚持要去，父亲就风趣地笑着说：

"候候有席！候候有席！"

父亲自己也留在北京坚持斗争，他几乎足不出户地工作了一年多。

第二年的初春，风声更紧了。有一天，负责交通工作的阎振三同志一早出去送信，到天黑也没见回来，大家都为他没有回来而焦虑。父亲派人到外面去了解，才知道他被捕了。阎振三同志一被捕，送信、取报的工作，就由那位帮父亲他们做饭、打杂的张全印同志担当起来，可是没过几天，张全印上街去买菜时也失踪了。这时，做饭全得由父亲和同志们自己动手，有些事情母亲也帮着做。生炉子、烧开水、切菜、做饭这些事情，父亲他们从来没有做过，但他们并不觉得是负担，倒是干得满有兴头。每到做饭的时候，父亲提着水壶到水管子下面去接水；谭祖尧端起小瓦盆淘米；范鸿劼拿着菜刀切菜。有一次范鸿劼一不小心，把食指切破了一层皮，鲜红的血滴到菜叶上，父亲在一旁开玩笑说：

"这倒好，我们正少肉吃呢，今天就吃点荤吧！"

父亲这句话，把大家逗得哈哈大笑，他自己笑得特别痛快，仿佛危险和紧张的局面全都不存在了。

没有多久，不知道什么人推荐了一个打杂的"工人"来代替张全印同志的工作。这人长得獐头鼠目，行动鬼祟，常见他贼头贼脑地四处乱看。父亲觉察不对头，悄悄对母亲说：

"这个人不老实，要注意他！"

母亲说：

"咱们豁着自己多受点累，还是赶快打发他走吧！"

第二天，父亲就把这个人打发走了。事后才知道，这个人确实是反动政府派来的暗探。我们曾经给这个人起了个外号，叫他"老鼠精"。这个"老鼠精"虽然没能窃走什么机密文件，但他却窃探到父亲仍然没有离开北京。这时候，东交民巷巷口和苏联大使馆周围，假扮作"东洋车夫"的暗探们增多了。他们把车子擦得锃亮，停在使馆左近窥测来往行人。

中共北方区委所在地东交民巷庚子赔款委员会。

图为李大钊同志住所（右两窗处）外景

那时，父亲常常在黄昏后沿着使馆兵营的围墙独自散步。有时候，他慢慢踱到兵营的旗杆下，登上升旗子的高台，向四外瞭望。谁能想到，这个似乎漫不经心欣赏夕阳的人，正警觉地在那里侦察敌人的行动呢？

有一天，父亲匆匆地回到家里，一句话也没说，走到书桌旁，拉开抽屉，把一支乌黑的手枪放了进去，接着从衣袋里又掏出一支手枪来。

母亲看见父亲拿回两支手枪，吓了一跳，连忙问父亲说：

"哪儿弄来的？"

"托人买来的。我们正在练习打枪，学会打枪还可以对付一下那些坏蛋！"

父亲说到这里，很有信心地瞅了瞅他手里的那支小手枪，两只眼睛亮闪闪的。可是母亲低垂着的眼睛里却充满忧虑。于是一种无名的忧愁也从我的心底升起，今后的日子一定会更加不安宁！

以后，父亲一回来，就喜欢谈起打枪的事，他对我们说：

"瞄准的时候，要把枪握得紧紧的，一不握紧，枪的后座力就会把手腕震疼。"

母亲在一旁插嘴问：

"好学不好学？"

父亲说：

"好学，这没有什么，很好学。现在我已经瞄得很准了。我们的人已经全都学会打枪了。"

说着，他脸上露出了胜利的微笑。

十六年前的回忆

　　一九二七年四月二十八日，我永远忘不了那一天。那是父亲的被难日，离现在已经十六年了。

　　那年春天，父亲每天夜里回来得很晚。每天早晨，不知道什么时候他又出去了。有时候他留在家里，埋头整理书籍和文件。我蹲在旁边，看他把书和有字的纸片投到火炉里去。

　　我奇怪地问他："爹，为什么要烧掉呢？怪可惜的。"

　　待了一会儿，父亲才回答："不要了就烧掉。你小孩子家知道什么！"

　　父亲是很慈祥的，从来没骂过我们，更没打过我们。我总爱向父亲问许多幼稚可笑的问题。他不论多忙，对我的问题总是很感兴趣，总是耐心地讲给我听。这一次不知道为什么，父亲竟这样含糊地回答我。

　　后来听母亲说，军阀张作霖要派人来检查。为了避免党组织被破坏，父亲只好把一些书籍和文件烧掉。才过了两天，果然出事了。工友阎振三一早上街买东西，直到夜里还不见回来。第二天，父亲才知道他被抓到警察厅里去了。我们心里都很不安，为这位工友着急。

局势越来越严重，父亲的工作也越来越紧张。他的朋友劝他离开北京，母亲也几次劝他。父亲坚决地对母亲说："不是常对你说吗？我是不能轻易离开北京的。你要知道现在是什么时候，这里的工作多么重要。我哪能离开呢？"母亲只好不再说什么了。

可怕的一天果然来了。四月六日的早晨，妹妹换上了新夹衣，母亲带她到娱乐场去散步了。父亲在里间屋里写字，我坐在外间的长木椅上看报。短短的一段新闻还没看完，就听见啪，啪……几声尖锐的枪声，接着是一阵纷乱的喊叫。

"什么？爹！"我瞪着眼睛问父亲。

"没有什么，不要怕。星儿，跟我到外面看看去。"

父亲不慌不忙地从抽屉里取出一把闪亮的小手枪，就向外走。我紧跟在他身后，走出院子，暂时躲在一间僻静的小屋里。

一会儿，外面传来一阵沉重的皮鞋声。我的心剧烈地跳动起来，用恐怖的眼光瞅了瞅父亲。

"不要放走一个！"窗外传来粗暴的吼声。穿灰制服和长筒皮靴的宪兵，穿便衣的侦探，穿黑制服的警察，一拥而入，挤满了这间小屋子。他们像一群魔鬼似的，把我们包围起来。他们每人拿着一把手枪，枪口对着父亲和我。在军警中间，我发现了前几天被捕的工友阎振三。他的胳膊上拴着绳子，被一个肥胖的便衣侦探拉着。

那个满脸横肉的便衣侦探指着父亲问阎振三："你认识他吗？"

阎振三摇了摇头。他那披散的长头发中间露出一张苍白的脸，显然是受过苦刑了。

"哼！你不认识？我可认识他。"侦探冷笑着，又吩咐他手下的那一伙，"看好，别让他自杀，先把手枪夺过来！"

他们夺下了父亲的手枪，把父亲全身搜了一遍。父亲保持着他那惯有的严峻态度，没有向他们讲任何道理。因为他明白，对他们是没有道理可讲的。残暴的匪徒把父亲绑起来，拖走了。我也被他们带走了。在高高的砖墙围起来的警察厅的院子里，我看见母亲和妹妹也都被带来了。我们被关在女拘留所里。

十几天过去了，我们始终没看见父亲。有一天，我们正在吃中饭，手里的窝窝头还没啃完，听见警察喊我们母女的名字，说是提审。

在法庭上，我们跟父亲见了面。父亲仍旧穿着他那件灰布旧棉袍，可是没戴眼镜。我看到了他那乱蓬蓬的长头

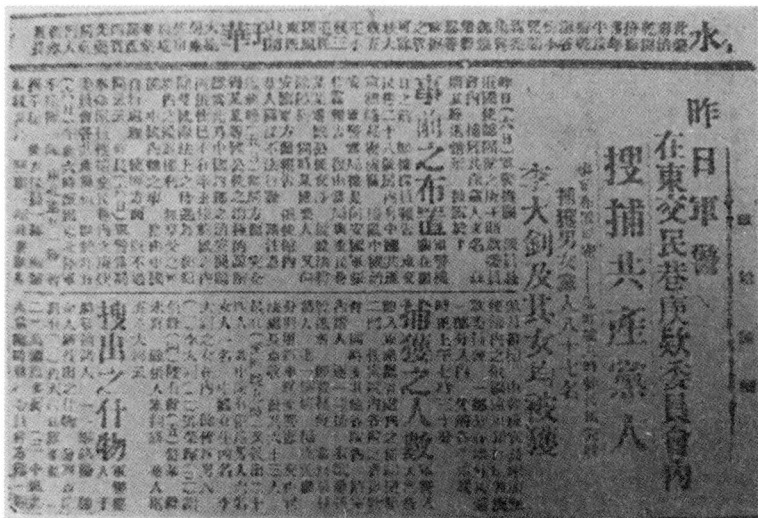

1927 年 4 月 7 日北京《晨报》报道在东交民巷搜捕共产党人

发下面的平静而慈祥的脸。

"爹!"我忍不住喊出声来。母亲哭了,妹妹也跟着哭起来了。

"不许乱喊!"法官拿起惊堂木重重地在桌子上拍了一下。

父亲瞅了瞅我们,没对我们说一句话。他脸上的表情非常安定,非常沉着。他的心被一种伟大的力量占据着。这个力量就是他平日对我们讲的——他对于革命事业的信心。

"这是我的妻子。"他指着母亲说。接着他又指了一下我和妹妹,"这是我的两个女孩子。"

"她是你最大的孩子吗?"法官指着我问父亲。

"是的,我是最大的。"我怕父亲说出哥哥来,就这样抢着说了,我不知道当时哪里来的机智和勇敢。

"不要多嘴!"法官怒气冲冲的,又拿起他面前那块木板狠狠地拍了几下。

父亲立刻就会意了,接着说:"是的,她是我最大的孩子。我的妻子是个乡下人。我的孩子年纪都还小,她们什么也不懂。一切都跟她们没有关系。"父亲说完了这段话,又望了望我们。

法官命令把我们押下去。我们就这样跟父亲见了一面,匆匆分别了。想不到这竟是我们最后的一次见面。

二十八日黄昏,警察叫我们收拾行李出拘留所。

我们回到家里,天已经全黑了。第二天,舅姥爷到街上去买报。他是从街上哭着回来的,手里无力地握着一份报。我看到报上用头号字登着"李大钊等昨已执行绞刑",立刻感到眼前蒙了一团云雾,昏倒在床上了。母亲伤心过度,昏过去三次,每次都是刚刚叫醒又昏过去了。

过了好半天,母亲醒过来了,她低声问我:"昨天是几号?记住,昨天是你爹被害的日子。"

我又哭了,从地上捡起那张报纸,咬紧牙,又勉强看了一遍。我低声对母亲说:"妈,昨天是四月二十八。"母亲微微点了一下头。

英勇就义

父亲壮烈牺牲的消息很快就轰动了北京全城。到家里来慰问的人终日不断，其中许多是父亲的朋友。他们都泣不成声，呜咽着劝慰母亲不要过度悲伤，要珍重身体。反动政府为了迷惑人心，在报上宣传说，他们已经为死者装殓，一般的每人给一口四十元的棺材，唯独父亲格外"优待"，给一口七十元的棺材。母亲听说这件事以后气极了，忿忿地说："这些牲口们！人都叫他们害了，还假惺惺地给棺材！谁要他的棺材！我们不要，我们自己买！"

朋友们支持母亲的意见，他们发起募捐，很快就把买棺材的钱筹够了。三里河德昌杠房掌柜听说要给惨遭杀害的李大钊买棺材，因每天看报，对父亲的为人甚表钦佩，特意挑选了一口柏木棺材减价卖给我们，以表示对他的崇敬。

父亲的一位朋友曾含着眼泪低声对我说：

"杀害你父亲的不单是张作霖。蒋介石前些天叛变了革命，听说蒋介石给张作霖拍了一个电报，促使张作霖很快下了毒手。另外，帝国主义也插手参与了这件事；如果不是外国使团同意，张作霖的军警是不敢闯进东交民巷使馆区搜捕人的。"他还说，绞刑这种残暴的刑法，中国从来也没有过；就连绞架也是从帝国主义那里运来的。

后来，当我翻阅报纸的时候，发现报上有一则消息说："最妙者，是南方某要人也有电来京，主张将所捕党人速行处决，以免后患。"证实了那位老伯的话是确实的，杀害我父亲的，绝不只是张作霖，还有人民公敌蒋介石以及帝国主义侵略者。

父亲牺牲后，我们在朝阳里的住宅的大门口，流氓、暗探并没有减少，反而增多了。有时甚至公开跑到我们家搜查，警察分驻所又遣令我们一家限期返乐亭原籍。我们无法在北京生活下去。我们重新到宣武门外下斜街长椿寺把父亲装殓过，然后将灵柩暂停在妙光阁街的浙寺里。五月十一日，母亲带着我和两个弟弟、两个妹妹启程回乐亭乡下，哥哥也离开了北京。我们的家庭就这样分散了。

自从父亲入狱一直到他为革命英勇就义，报纸上的报道是非常多的。可是当时我根本不忍心细读这些"消息"。事后翻阅报纸以及从一些消息灵通的朋友那里打听，才陆续知道了父亲在狱中的一些详细情况。

报上说，父亲在狱中十九日"绝口不提家事"，联想到父亲在法庭上见到我们时的那种冷漠和毫不留恋的态度，我相信这话是真的。尽管当时对父亲的这种冷淡我做梦也没想到，但在事后还是非常能够理解我所敬爱的父亲。他永远爱我们，可是在他坚强的心中，革命事业所占的位置，却要比妻子、儿女、个人的安危重一千倍！重一万倍！

报上还登载了父亲在审讯中要求亲自审阅和修改他的"供词"记录的事。关于他为什么要修改"供词"，父亲的同志和朋友对我说过，而且对他的态度都非常称赞。他们说：父亲在被捕后曾多次被审讯。敌人对他施用了最野蛮的刑罚，甚至用竹签扎他的十个指甲，但他决不低头，表现了共产党人大义凛然的崇高气节。敌人审讯他时所记录的供词多半与他的原意不符；为了不使自己的话被敌人歪曲利用，他坚决要求亲自审阅和修改他们的全部记录。他在亲笔写的"供词"中，陈述了他一生为挽救国家和民族危亡，为解放天下劳苦大众而英勇斗争的经历。当时正是第一次国共合作时期，父亲是北方共产党和国民党的负责人；但当时共产党同国民党在组织上界限十分清楚；两个机关走一个大门，相隔不远，但人员要严守纪律，彼此不能往来。早在工友阎振三被捕前，父亲就把党的文件、名单都烧掉了，这是我亲眼看到的。敌人把从庚子赔款委员会搜查出来的国民党中央政治委员会的印章等等也都当作共产党的重大罪证公布。父亲在他的"供词"中利用他在国民党中的公开身份，机智地隐蔽了我党的机密，严守了党的纪律，没有半点损伤共产党人荣誉的地方。

父亲和他的战友们英勇就义时，父亲是第一个走上刑台的。他从容、镇静、面不改色，临刑前还同敌人进行了一场激烈的斗争。面对反动法官、刽子手，父亲大义凛然，作了最后一次简短的慷慨激昂的演说。他说："不能因为你们绞死了我，就绞死了共产主义！我们已经培养了很多同志，如同红花的种子，撒遍各地！我们深信，共产主义在世界、在中国，必然要得到光荣的胜利！"反动政府把父亲视为"罪魁祸首"，对他怕得要死，恨得要命。为了延长他的痛苦，刽子手们对别人只施刑二十分钟，而对他施刑长达四十分钟之久。和父亲同时牺牲的烈士中有共产党人，也有国民党左派，共有十九人。他们是：谭祖尧、路友于、张挹兰（女）、邓文辉、谢伯俞、莫同荣、姚彦、张伯华、李银连、杨景山、范鸿劼、谢承常、莫华、阎振三、李昆、吴平地、陶永立、郑培明、方伯务。

父亲的英勇形象，他的坚强不屈的革命精神永远印在我的脑际，深深地教育着我，鞭策我前进。反动军阀、人民公敌蒋介石以及帝国主义者镇压中国人民的血海深仇，我们永远不能忘记。

扑不灭的火焰

一九三三年四月二十三日，父亲的灵柩终于安葬入土了。

父亲遇难以后，由于白色恐怖，竟找不到一块适当的墓地可以安葬他。后来，在朋友们的帮助下，费了很大周折，才设法把父亲的灵柩暂时停在宣武门外妙光阁浙寺里。灵柩在浙寺每月是要按时交纳租钱的；但当时，我们全家已回到乡下，哪里能够及时到北平来交租呢？月复一月，年复一年，租钱越积越多，我们也就交不起了。就这样，父亲的灵柩在浙寺整整停放了六年；在这漫长的岁月里，逢年遇节，没有人敢来祭奠他。

那年四月初，母亲带着我和妹妹、弟弟们，从乐亭老家来北平，想把父亲的后事料理一下。党组织知道了我们回到北平的消息后，立即派"互济会"的一位同志来找我母亲联系，与母亲秘密商量安葬父亲的事。

来的同志向母亲转达了党组织的意见：父亲为革命壮

烈牺牲，这次给他出殡，要搞一次群众性的悼念活动；通过出殡，揭露反动派残杀共产党人的暴行，申张革命正义。来的同志问母亲同不同意这样办？母亲毫不迟疑地回答道：

"李先生是属于党的，他是为革命而死的；党组织怎样指示，就怎样办吧！只要是我能做到的，我一定尽力去做。"

随后，来的同志谈了几点具体做法，一是出殡时要请和尚、道士、吹鼓手和新式的音乐队等等，总之，要按旧俗来办这次出殡；一方面可以起掩护作用，同时，队伍可以走得慢些，时间拉得长些，便于沿途向群众宣传。二是要组织一次群众示威游行斗争。为了照顾到家属的安全，事先以死者家属的名义，在报纸上发一个讣告，把出殡的时间、地点等公布出去，这样既可组织群众参加悼念活动，壮大游行队伍；如果发生意外，又可以推说，群众是看了讣告后才来的，而不致暴露我们家里与党组织的联系，使家庭遭受新的迫害。

那时候，我们家里没有经济来源，这次出殡以及家中的生活，全都靠父亲的朋友们募捐来维持。生活是很艰难的。如果按照旧俗出殡的话，需要花很多钱，这必然会使家中生活受到影响，更加困难。但是，当母亲明白了为什么要这样做的时候，她没有说一个"不"字，都一一答应了。

出殡的一切准备工作，都是遵照党的安排进行的。

讣告在报纸上登出后，我就到北京大学去找父亲的朋友们，请他们帮助料理丧事。有一位朋友来看母亲，他转达了蒋梦麟校长的意见，说：

"蒋校长的意思是别把声势弄大了。浙寺离西便门挺近，不如从西便门悄悄出城，省得招惹是非。如果从城里走，把学生们惊动，他们就会闹事的；事情一闹大，就难以收拾了。"

母亲不同意灵柩无声无息地走西便门，她坚持要从城里走，她说：

"李先生生前为人民做了许多好事，又死得这么悲惨，马马虎虎地出殡，我于心不忍！"她提出要请和尚道士为父亲超度灵魂。

这位朋友很同情母亲的心境，他回去就把这些转达给蒋梦麟；经过商量之后，他们也就同意这样办了。于是，党所安排的出殡计划顺利地实现了。但是，在那黑暗的社会里，要安葬父亲，要宣传革命，当然不会是一帆风顺的。我们又经历了一场风波，正像先烈生前所经历过的许多次严峻的斗争一样。

那天早晨六点钟，乐队在浙寺里奏起了悠扬悲壮的哀乐。父亲那口深红色的棺材，被十几名杠夫从寺里抬了出来，平稳地安放在绣着蓝白花朵的红缎子棺罩里。我们一群穿着孝服的孩子们，站在棺材前面，听哀乐一响都不禁放声痛哭起来；送殡的群众随即唱起了哀歌和《国际歌》。他们又放开喉咙高喊：

"李大钊精神不死！"

"为先烈复仇！"

"打倒刮（国）民党！"

霎时间，歌声和口号声响彻了大街小巷，惊动了左近的居民，他们不约而同，扶老携幼地跑出来看热闹。有的随即加入了殡仪的行列。

Funeral of the late Mr. Li Ta-chiu, socialist leader, in Peiping at the right, Mrs. Li, the widow.

1933年4月23日李大钊同志出殡情况

这是一个奇怪的殡仪。

棺材里躺着的是六年前被反动政府绞杀的共产主义

者；走在出殡行列最前面的，却是招魂的和尚道士，吹鼓手与雅乐队；打洋鼓、吹洋号的音乐队，紧紧跟随在吹鼓手和雅乐队的后面；再后面是红红绿绿的各种纸扎人，旗伞执事。还有一座结着蓝白缎条花朵的影亭，里面摆着一帧父亲的画像。

我们戴孝打白幡的儿女们，走在棺材前面引路。母亲和亲友们，坐在结着蓝布白花的马车里，跟在棺材的后面缓缓前进。在出殡行列的最后面，是排得又宽又长的送殡群众的队伍。参加送殡的群众，每人胸前都佩戴着一朵蓝色或白色的纸花，左臂上裹着黑纱。人们脸上都流露出无限的愤恨和悲痛；有的手里拿着一叠叠红红绿绿的传单，飞快地撒向送殡行列两旁的观众的手里；有的手里捧着花圈；有的肩上扛着挽联，那些挽联内容或悲愤沉痛，或感慨万端，描述了人们对于父亲横遭杀害的悲愤心情；也表达了人们对于国民党反动政府对内镇压人民，对外卖国投降的无比愤怒。北京市青年送的挽联，排在群众队伍的最前面，上联写道：

为革命而奋斗，为革命而牺牲，死固无恨！

下联是：

在压迫下生活，在压迫下呻吟，生者何堪！

在我们附近看得十分清楚的，还有在一块大白布上写的挽词：

革命成功，富贵英雄，
岂思烈士？山河变色，
艰难后死，愧对先生。

抗日妇女救国会送的挽联是：

南陈已囚，空叫前贤笑后死；
北李如在，哪用吾辈哭先烈！

挽联一副紧接着一副，花圈一个接连着一个。哀乐奏过后，又飞起了"纸钱"；银白色的纸钱，从送殡的人群里不断抛向空中，像一群群白色的蝴蝶在空中飞舞，每个纸钱上面都用橡皮戳打着清清楚楚的小红字："李大钊先烈精神不死！""共产党万岁！""打倒刮民党！"这些飘满空中的纸钱，都是头天晚上我和一个表姐亲手制作的，我们用橡皮戳子把每个纸钱都打上红色标语，一直打到天亮。第二天，有的新闻记者在报纸上寓有深意地报道说：

"……白色纸钱，变成红色蝴蝶……"

送殡的队伍，越来越大，前不见头，后不见尾，像一条怒不可遏的巨龙，浩浩荡荡，从宣武门外冲进了北京城。

看热闹的老百姓，挤在街头巷尾看传单，听喊口号，把路祭人围起来听宣读祭文；有些人明白是怎么回事后，也走进送殡的行列，大家都喊起口号来了；有的不很明白的人交头接耳地说：

"棺材里装的是什么人呀？"

"他一定是屈死的吧！有这么多人为他喊冤呢！"

送殡的群众越聚越多，人群拥满马路，汽车、电车以及各种车辆全都断绝了往来。沿街两旁商店的小楼上也站满了人，有人还用照相机在拍照。

从队伍走进宣武门内起，每到一处热闹繁华的地方，就有革命群众团体拦路公祭。赶到西四牌楼的时候，又遇到一个群众团体拦住了灵柩举行公祭。

离灵柩不远，在西四牌楼的红漆柱子脚下，安放着一张红漆八仙桌。桌上摆满了水果、酒等等祭品和鲜花。读祭文的那位同志，手里拿着祭文站在椅子上高声朗诵，群众以悲愤的心情，屏息静听死者生前的光荣事迹和遇难时的悲壮情景。正在这时候，前面忽然开来好几辆卡车，车上载满全副武装的军警。一伙暴徒杀气腾腾地跳下车，直向西四牌楼的红柱脚下扑来。暴徒们用枪托把读祭文的同志打倒在地，又踢翻了祭桌，鲜花、水果滚了一地。双方扭打起来。暴徒们举起枪托，四处狠命地追打送殡的和看热闹的群众。但是队伍一被打散，马上又自动集合起来。

"打呀！冲呀！"群众的喊声震撼了全城。

一阵扭打和喊叫以后，由于群众是赤手空拳的，最后队伍还是被敌人的武装暴力冲散了。很多人流血受伤，许多青年被暴徒扭上大卡车，捕了去。军警特务们也慢慢地走开了。

顷刻间，西四牌楼变成了一个寂寞冷落的空场。这时，只剩下坐在马车里的母亲和赶车的老马夫，还有我们这一群送殡的孩子和几个亲友，再就是那口深红的棺材，绣花棺罩已经被扒掉了，和尚、道士、乐队和杠夫等早已逃得无影无踪。纸花、纸钱、纸扎人、花圈、挽联抛得满地都是。

怎么办？我们还要忍气吞声，狠狠心肠，来收拾这被匪徒们打劫后的残局。棺材一定要在当天埋到坟里去，不能够就这样停在大街上。我们等了很久，一位同志和父亲的朋友才把杠夫们又找了回来。我们拾起地上的纸花、花圈、挽联和鲜花，放进母亲坐的那辆马车和车顶上，又继续往西直门走去。

当我们护送着灵柩走过西四北大街的时候，不知从哪儿忽然出来一辆骡车。车夫把车赶了上来，只见车上堆着几件破棉衣和破棉花套子，上面还放着花圈、挽联，紧紧地跟随着母亲坐的那辆马车走。马车走得快些，那辆骡车也跟得快些；马车走得慢些，骡车也慢些。赶车人坐在那些破棉衣上不慌不忙地用鞭子驾驭着他的骡子。

灵柩来到西直门城门下，守城的军警只看了看出城证，就放我们过去了；骡车也跟着我们一块儿出了城。刚出城的时候，那辆骡车还跟在我们的后面，可是走了一小段路，骡车就赶到前面飞跑起来，慢慢地就看不见了。

我们护送着父亲的灵柩，来到了香山万安公墓。

父亲能够安葬在这里，也是几经风波的。万安公墓的资本家蒋某早就知道父亲是被绞死的，说什么也不肯卖给我们墓穴，说他怕"破了墓地的风水"，影响了他的买卖。经过朋友们多次交涉，托人求情，他才肯在公墓西南最偏僻的角落里卖给我们一块墓地。他说，父亲"死于非命"，所以不能卖给"正穴"。

当我们走到父亲的墓地时，只见墓边的小路上，躺着一块新的石碑，碑面朝天，碑头上镌刻着的鲜红的镰刀斧头，在阳光下闪闪发光。碑文的下款，署名革命群众团体。

坟地里，站着一些先来到的人，他们是父亲生前的朋友。一看见我们，他们就对母亲说："这块石碑是由一辆骡车拉来的，车夫送到以后什么也没说，就把骡车赶走了。"

我们这才明白，刚才从西四北大街一直随着灵柩走出西直门的那辆骡车，原来是组织上派来给父亲送石碑的。这是多么值得纪念的事啊！

可是这块珍贵的石碑，在当时白色恐怖笼罩的北平，要想把它竖立在父亲的墓前是绝对不可能办到的。我们只得按照几位父亲的朋友当时商量的意见，把这块石碑当作墓志铭，埋在父亲的墓中，等待有一天它能和广大人民见面。

出殡回来的路上，我们和母亲同坐在一辆马车里。经历过一场斗争之后，我们终于按照党的指示把父亲安葬了，了却了长久积压心头的一桩心事；党和人民还给父亲送了石碑。这些，都使母亲感到十分欣慰。可是发生在西四牌楼的那场流血斗争，却给母亲留下了难以忘怀的印象，也使她的心灵受到极大刺激。母亲又气愤又悲伤，一路都在叨念着惨遭反动军警毒打和被逮捕的送殡的群众。她无限哀伤地告诉我们，她看见一个孩子，年纪还那样小，胸前戴着一朵白花，被军警打得满脸是血。孩子的嘴里愤怒地喊着："为什么不让我们参加悼念?! ……"最后，军警把他抓起来，恶狠狠地扔在一辆平板车上，逮走了。讲到这里，母亲流下了眼泪，对我们说："这都是因为咱们的事啊！"

我的母亲是一位农村妇女，文化程度很低。在父亲的影响和教诲下，她逐渐识了一些字，有了一些觉悟，也逐渐变得坚强了。父亲牺牲后，母亲由于悲伤和操劳，早已重病缠身，但她还是强忍着病痛安葬了父亲，完成了党的嘱托。出殡后不久，她就病倒了。她在病危时还忘不掉出殡中被捕、被打的群众，特别是忘不掉那个被甩上车抓走了的孩子。她临终前喃喃地叨念着：

"……那个孩子……血呵……报仇呵！……"

父亲出殡过后只有一个月，也就是这一年五月二十八日，我的母亲在操劳了一辈子之后，含恨离开了人世。我们在万安公墓父亲的墓旁，安葬了她。

今天，我们已经是新中国的公民，在中国共产党的领导下，我们已经摆脱了黑暗，迎来了光明，并信心百倍地建设着伟大的社会主义中国，为人类开辟着新的、更加美好的道路。当年安葬父亲时只能埋在地下的党和人民送给父亲的

李大钊同志夫人、作者
李星华的母亲赵纫兰

墓碑，也该是从荒草下站起来的时候了。

父亲，您安息吧！您的崇高的理想和愿望已经正在变成现实，您安息吧！

图书在版编目（CIP）数据

十六年前的回忆 / 李星华著. -- 武汉：长江文艺
出版社，2023.1
ISBN 978-7-5702-2591-0

Ⅰ.①十… Ⅱ.①李… Ⅲ.①回忆录－作品集－中国
－当代Ⅳ.①I251

中国版本图书馆 CIP 数据核字（2022）第 049061 号

十六年前的回忆
SHILIUNIAN QIAN DE HUIYI

责任编辑：胡金媛　　　　　责任校对：毛季慧
整体设计：一壹图书　　　　　责任印制：邱　莉　王光兴
封面插画：睿鹰绘画工作室贾雄虎

出版：长江出版传媒　　长江文艺出版社
地址：武汉市雄楚大街 268 号　　邮编：430070
发行：长江文艺出版社
http://www.cjlap.com
印刷：长沙鸿发印务实业有限公司

开本：640 毫米×970 毫米　　1/16　印张：7.25　　插页：4 页
版次：2023 年 1 月第 1 版　　　2023 年 1 月第 1 次印刷
字数：64 千字

定价：25.00 元
